KB078775

살기 좋은 나라

한미 FTA 한류분야 비준에 통과된
세계 유일한 분단국 민주주의 평화통일 교육을 위한 지침 자료

살기 좋은 나라

김영임 소설

좋은땅

머리말

　세계 평화는 바로 경제이다. 희망찬 새해 아침이 밝아 왔다. 지난 구월 유엔 회의에서 문재인 대통령님 연설 중에 트럼프 대통령님이 자리를 박차고 나가셨다. 문재인 대통령님은 끝까지 연설을 마치셨다.

　동계 평장 올림픽이 열리기 전 신년사에서 김정은 국무위원장 세계의 이목이 모두 한반도에 쏠렸다. 평창 동계올림픽 개회식 축제의 밤 한반도 기를 같이 들고 나란히 남과 북이 입장하는 모습을 지켜보는데 가슴이 뭉클해지고 감동의 물결이 전파를 타고 세계인들에게 전달이 되어 우레와 같은 박수를 보내 왔었다.

　그 후 남북 정상회담, 북미 정상회담으로 이어지는 계기가 되었다. 겨울 축제를 성공적으로 치러 낸 우리나라는 따뜻한 봄이 찾아와 선진국으로 무사히 입문하게 되어 참으로 기뻤다.

　이제부터 새로운 시작, 항구적인 비핵화, 평화로 가는 첫걸음을 내딛어 모두 관심을 가지고 지켜보는 마음은 살얼음판을 조심스럽게 걸어가는 기분 같았다. 지켜보는 순간이 긴장이 되어 두 손에는 땀이 났다.

　2018년 역사의 순간을 이렇게 적어 본다.

　1950년 우리나라는 한국 전쟁 내전으로 폐허가 되어 버린 땅에서 1960년부터 1차, 2차, 3차에 거쳐 경제 개발 5개년 계획을 세워서 눈부신 발전을 거듭하였다. 개발도상국에서 중진국으로 올라가는 1988년에 하계 서울 올림픽이 열렸고 완전한 중진국 신흥국일 때 2002년 한일 월드컵이 열렸다. 이제 우리나라는 선진국이라고 하는데 아직 피부에 와닿지 않는 부자의 나라에 가난한 사람들이 너무나

살기 좋은 나라

많아 문제가 되고 있다. 돈이 너무 많은 사람들에게 법인세나 소득세를 많이 거둬서 선진국 복지사회를 만드는 것이 가장 살기 좋은 나라로 가는 지름길이라고 생각한다.

봄바람이 살랑살랑 불어온다. 따뜻한 봄기운에 나뭇가지가 물이 오르더니 싹이 나온다. 연두색이 점점 짙어져 가는 봄날 봄의 꽃들이 피어나기 시작한다.

꽃이 먼저 피고 이파리가 나오는 식물이 있는가 하면 이파리가 나온 뒤 꽃이 피는 것도 있다. 꽃향기가 은은하게 피어나면 벌과 나비들이 날아와 춤을 춘다.

언제나 이맘때면 자유와 개성을 발견하고 감탄하지만 올해의 봄이 유난히 신선하게 느껴지는 점은 한반도 안에 새로운 변화 때문이 아닌가 하고 생각한다. 완전한 비핵화가 이루어지면 북한은 남한의 투자, 주변국의 투자로 무한한 경제가 발전이 될 것이다.

남한의 발달된 고도의 기술 북한의 저렴한 노동력 지하자원이 개발되어 좋은 상품을 만들어서 시베리아 철도를 이용해 유럽까지 수출할 수 있는 그날이 올 것이라고 확신한다.

이 모든 것들이 차질 없이 진행이 잘되도록 나는 맡은 일에 충실히 하면서 하느님께 두 손 모아 감사 기도드린다.

2025년 글쓴이 김영임

차례

1. 대학 새내기

뜨락에 쌓인 봄눈이 녹아 흐르는 소리가 들린다. 봄바람이 살랑살랑 불어와 머리카락이 바람결에 날리면서 바쁜 걸음으로 걸어간다. 날씨는 많이 풀렸지만 아직은 차가운 느낌을 지울 수가 없었다. 거리에 다니는 사람들의 옷차림은 가볍게 차려입고 오고 가는 전경이 평화롭게 보였다.

가로수 나뭇가지에 물이 오르는 듯 마법처럼 봄눈이 트인다. 우체국을 지나 신풍역 계단을 조심스럽게 타고 내려간다. 교통카드를 입구에 대고 들어가서 전철 7호선을 기다리고 있었다. 시간이 되어 전철이 와서 부천에 있는 서울전문대학교를 가기 위해 타고서 사람들이 붐비지 않을 때라 자리에 앉았다.

나는 올해 11학번으로 서울전문대학교 관광경영과에 입학하여 삼월 초가 되면 수강신청과 함께 강의가 시작되기 때문 먼저 학교를 둘러보기 위해 학교를 선택했고 또 졸업하면 취업률이 높다는 소문을 듣고 이런 연유로 4년제 나와서 백수가 되지 않기 위해 신중하게 생각하고 고려해서 과감하게 스스로 선택하였다.

학교를 2년 만에 졸업해야 하니까 어떻게 하면 금쪽같은 시간을 내가 좋아하는 분야에 투자해서 알찬 직업을 잡을 수 있을까 하는 것이 현재 직면하는 나의 숙제였다.

부천역에서 내려 10분이 걸리지 않는 거리를 걸어서 교정으로 들어갔다. 가끔씩 학생들이 오가는 말소리가 들린다. 깨끗하게 단장이 된 교정을 혼자서 거닌다.

교정의 나무들은 봄기운을 받고 깊은 호흡을 한다. 기지개를 펴고 겨우 잠에서 완전히 깨어난 듯 가지에는 바람이 인다. 약간은 차가운 날씨지만 교정의 맑은 공기를 한없이 들이마신다. 강의실 도서관 등도 눈으로 먼저 보아 익혀 두었다.

자판기에서 따끈한 믹스커피를 뽑아 달달한 맛을 음미하면서 조금씩 마시다가 교정을 다시 바라본다. 하느님은 우리가 기도를 드린 시간과 노력에 비례하여 은혜를 베푸시게끔 설정된 기적자판기가 아니라 믿음으로 당신의 자녀가 된 이들의 아픔과 부족함을 사랑으로 어루만져 주신다. 은총은 아버지의 사랑이 자유로이 표현되는 방식일 따름이다.

교정을 돌아서 왔던 길을 되돌아 전철을 타고 대림역에서 내린다. 고등학교 때부터 친하게 지낸 미연이를 만나기 위해 약속 장소를 찾아 문을 열고 들어간다.

분위기 좋은 카페 한쪽에 앉아 있는 미연이를 발견하고 가서 않는다. 좀 시간이 지난 것 같았다.

"많이 기다렸어? 미연아."

"아니, 음악이 좋아서 말이야."

"너 무슨 과니?"

"안양대학교 호텔관광과. 너는?"

"서울전문대학교 관광경영과. 관광은 나와 비슷하다."

"말 그대로 호텔이 우선이지."

"커피 시켰어?"

"내가 선불로 계산했어. 여기요, 카페라테 두 잔이요."

"예. 조금만 기다려 주세요."

"어느덧 우리가 대학생이 되었다. 실감이 안 나."

"개학을 하면 실감이 나겠지. 무덤덤해."

커피 두 잔이 나와 마시면서 수다를 떤다. 자유로운 시간을 즐길 수 있는 여유가 좋아서 한참 이야기를 했다. 시간이 많이 흘러 시장기가 돌아 카페를 나왔다.

살기 좋은 나라

"우리 떡볶이 먹으러 가자. 매운 떡볶이."

"좋아. 자주 가던 곳으로 가자."

몇 분 걸어서 단골 분식집에 들어가 자리에 앉아 주문하자 먹음직스런 떡볶이가 나와 맛있게 먹었다. 대학을 가면 만날 기회가 줄어들기 때문에 몇 시간 재미있게 놀았다.

해가 질 무렵 미연이와 헤어지고 나는 집으로 향한다. 불빛이 하나둘 켜지기 시작하고 퇴근해서 사람들이 붐빈다. 마을버스를 타고 싼 마트 앞에 내려서 걸어가고 있었다. 오늘 낮에는 포근하지만 아침저녁으로 싸늘한 바람이 분다.

아파트 후문을 지나 엘리베이터를 타고 현관 앞에서 문을 딴다. 번호를 누르고 문을 열고서 집 안으로 들어간다.

"지아. 밥 먹을 시간 맞추어서 들어오니 좋구나."

"언니. 우리 개학하고 같이 학교 가는 날 맞아?"

"그래 지아야. 새 학기 새 학년 언제나 개학은 같지."

"아빠도 회사 잔업이 없어 빨리 퇴근하셨다. 밥 먹자."

우리 집은 방 세 개에 화장실, 거실과 주방이 따른 자그마한 네 식구가 살기에 적당한 중소형 아파트이다. 아빠는 중소기업 회사에 다니시고 엄마는 작가이시다. 유치원 다닐 때 입주하여 13년째 사는 우리 가족이 좋은 시간을 보내는 추억이 많은 곳이다. 엄마가 행복하다고 말씀을 자주 하신다. 우리 자매는 엄마 아빠의 관심과 사랑 속에 자라서 어엿한 대학생으로 성장하였다.

식탁에 앉아 반찬 몇 가지에 건강식으로 먹으면서 말을 한다.

"우리 애들, 잘 자라 주어서 고마워요. 취업을 목적으로 대학에 갔으니 이제는 평생직장이란 말은 사라졌으니까 알찬 직업을 구하는 것이다. 알았지?"

"예. 아빠."

둘이서 심각하게 듣고서 대답을 했다.

저녁을 먹고 거실에 앉아 텔레비전을 보면서 커피와 과일을 먹는다. 하루에 있었던 이야기를 도란도란 나눈다. 언니와 나는 스마트폰을 자주 바라본다.

밤이 이슥하도록 재미있는 프로를 시청한다.

베란다 문을 열었다가 닫는다. 아직 밤공기가 차갑다. 열두시가 조금 넘자 엄마와 아빠는 안방에 우리는 우리 방으로 들어와 이불을 펴고 나란히 눕는다. 우리는 터울이 딱 일 년 차이인 친자매이다.

엄마는 우리가 태어나기 십 년 전에 학생이었는데 그때 5.18 광주 사태가 일어나 친구들이 희생을 당하고 여고 때 친구들은 부산, 대구로 시집을 가고 엄마는 가정환경이 좋아 말씨가 같은 아빠하고 결혼하였으나 친구가 없어 외로움을 많이 타신다. '너희들은 친구처럼 지내는 자매가 되어라.' 하고 늘 말씀하신다. 우리는 늘 같은 사이가 좋지만 가끔씩 말로 다툴 때가 있어 엄마가 참견하면서 많이 웃다가 끝난다. 불을 끄고 좀 있다 사르르 잠이 들었다.

다음 날 새날이 밝아 아빠가 텔레비전을 켜고 3.1절 기념식을 시청하는 소리에 깨어났다. 눈을 비비고서 커피 물을 올리고 블랙커피를 타서 한 잔씩 마시고 계속 보고 있다.

"엄마가 하는 글쓰기가 올해는 잘된다는 느낌이 들어."

"당신은 올해는 뜰 거야 하는 소리가 봄만 되면 몇 번째 하는 줄 알아? 옆에서 보기가 안쓰러워서 그래."

"아니야. 엄마는 언젠가는 성공한다고 긍정적으로 생각하고 있어."

"나도 그렇게 생각하고 있어. 너무나 힘든 모습을 보고 있어서 늦지만 잘될 거라고 마음속으로 기도하는 거다. 언니."

"너희들 외증조 할아버지께서 독립기념관을 차례로 관람하면 엄마 할아버지의 독립운동가들을 큰 인형처럼 만들어서 진열해 놓은 옆에 한복을 입고 서 있다. 한학을 하셔서 언제나 살아계셨을 때 한복 차림이셨지."

"엄마는 할아버지가 키웠다고 하셨죠? 그래서 그 영향으로 글쓰기, 웅변, 노래를 학교 다닐 때 잘하셨다고 하는데 우리들은 엄마 기대에 미치지 못해서 미안해요."

"아니다. 지금은 한 가지만 잘해도 된다. 큰딸."

"엄마. 우리들은 세계 공용어 영어를 잘하도록 노력할게요."

"너희들은 하고 싶은 것 찾아서 열심히 하는 거다."

"예."

우리는 같이 대답하고 오늘 같은 날 독립운동하신 선열들의 희생으로 36년 일제 치하에서 나라를 찾을 수 있었다는 가르침을 받았다.

아파트 화단이 봄이 되면서 활기가 넘쳐흐른다. 나뭇가지에 눈이 트이더니 떡잎이 나오기 시작했다. 싱그러운 냄새가 풍기는 새로운 느낌이 피부에 닿아 촉감이 감미롭다. 대학 신입생이 되어 개학하고 교내 생활에 잘 적응해 갈 무렵 일본어 동아리에 들어가 공부를 열심히 하고 있었다.

나는 언니가 다니는 수도 전문대학 사회 복지과를 방문하기 위해 터미널에 이천 가는 고속버스를 타고 종점에서 내렸다. 들이 있고 마을을 지나 산 중턱에 깨끗하게 잘 지어진 학교였다. 온 세상이 엷은 녹색으로 변해 가는 모습을 감상하는 마음이 아 젊음 우리의 시대가 빛나고 있구나 하고 느꼈다.

스마트폰으로 연락해서 운동장을 지나 식당 앞에서 만났다. 마침 점심시간이 되어서 언니 친구들과 같이 할 수 있었다. 몇 가지 음식을 한쪽에다 놓고 셀프이기 때문 줄을 섰다가 차례가 되어 식판에 먹을 만큼 담아서 자리에 앉았다.

"지아야. 토요일이면 실습 다녀야 돼. 사회 복지사 자격증 따려면 시간을 채워야 하고 그리고 필기시험 합격을 해야 자격증이 나오지. 이쪽은 임선화 언니라고 해. 그 옆에는 김소영, 내 옆에는 기연정, 다 언니라고 불러라."

"그래요. 언니들과 일 년 차이니까 언니 겸 친구라고 생각해도 되죠?"

"지아야. 나는 여동생이 없어. 그래도 된다."

"연정이는 남동생이 있으니까 든든하겠다."

"아니야. 싸우지는 않는데 불편해. 약간 조금."

밥을 먹으면서 이런저런 이야기를 하니까 금세 친근감이 들었다.

한쪽에는 먹다 남은 음식 찌꺼기를 비우고 식판을 갖다 놓고서 원두커피를 매점에서 싸게 팔아 한 잔씩 들고 교정을 돌아다녔다. 좋은 음악이 흘러나와 기분 좋은 한때를 보내고 언니 강의 듣는 시간을 기다렸다. 스쿨버스를 타고 집으로 돌아왔다. 한동안 다니지 않았던 성당에 주일 오후 6시 청년 미사에는 빠지지 않으려고 노력한다.

미사 중에서 우리의 고백하는데 이런 큰 의미는 삶에 있어서 그리스도가 최고의 가치, 기준이 된다는 것이다. 하느님은 나의 주님, 나의 모든 것이라고 생각될 때 비로소 자신을 바르게 보고 이웃이 보인다는 참된 교회의 일원이 된다.

내가 보이고 함께 이웃이 보인다는 것은 공동체의 인식이며 자기의 중요성과 더불어 이웃의 중요성을 인식하는 것이다. 하느님의 뜻을 따르게 되면 세상 속에서는 고통과 수난의 길을 가야 하는 때가 있다.

그러나 하느님의 뜻을 저버리고 인간의 욕심만 쫓아간다면 결국 패망하고 만다는 가르침을 중요하게 받아들여야 한다. 인간의 눈에는 당장 어리석게 보일지라도 하느님의 뜻을 위해 자신을 버리는 자가 결국 생명에 이르는 길이라는 점을 배워야 한다. 좋은 말씀을 가슴에 새기고 미사를 드리는데 은총을 충만히 받고 밖으로 나왔다.

성당 마당에 핀 꽃향기 속 밤공기가 너무 좋아서 옆 카페의 커피를 한 잔씩 앞에 하고 대화를 한다.

"애들아. 대학 가니까 공부하는 것이 다르다. 두꺼운 책을 언제 다 보고 시험하니? 시험도 일 년에 네 번인데."

"대충 보고 요점정리하는 문제를 관심 있게 보는 거야."

"야, 김보라는 그냥 약국에 알바로 다닌다더라."

"그래? 잘 보이지 않더라. 하는 일 있어서 어울리지도 않고."

다들 한마디씩 하는데 언니는 일 년 선배라면서 가만히 듣고 있었다. 김선경이는 육아교육 전공하고 남희는 보건과에 다닌다. 밤늦게까지 수다를 떨다 신자들이 하나둘씩 집으로 가자 우리도 내일을 위해서 집에 돌아와 씻고 잠이 들었다.

이파리에 대롱대롱 매달린 이슬방울이 반짝반짝 아침 햇살을 받아 오색 무지개 색깔이 아름답다. 짙은 녹색은 울창하게 우거지는 숲 사이로 자유롭게 나래를 펴고 지저귀는 새들의 모습을 연출하는 초여름이 되었다. 유월에 핀 넝쿨 장미가 얼굴을 내밀고 활짝 웃고 있었다.

시원한 바람이 기분을 상쾌하게 만드는 재주를 지녔다. 아직은 습도가 낮아 날아오는 훈풍에 촉감이 감미로운 멜로디 같았다. 상처가 많은 상아의 계절에 전쟁을 겪어 보지 못한 전후 세대에 태어난 지금은 학생의 신분인데 선열들의 고귀한 희생을 기리는 마음가짐으로 임하려고 노력한다.

일본어 동아리 회원은 여섯 명이다. 취직의 문을 넘기 위해 신중하게 생각해서 선택한 것이다. 점심 먹을 때는 이 친구들이 모여서 가장 저렴한 도시락을 사서 먹고 커피 한 잔씩 마시는 친한 친구들이다.

집에 돌아오면 엄마는 작가이기 때문에 항상 거실 베란다 쪽이 전망이 좋아 상을 펴고 공부를 한다. 나도 그 옆에서 엄마를 따라서 일본어에 열중한다. 지금은 기말고사를 보기 위해 학과 공부를 게을리할 수가 없다. 우리는 이렇게 하루 일과가 바쁘게 지나간다. 그런데 점점 기온이 올라 더워지려는 느낌이 든다.

방학을 하고 친구들과 같이 각자 아르바이트를 찾아서 몇 시간씩 날마다 일을 하면서 지낸다. 보통 아침부터 점심때까지 하고 오후에는 쉬면서 자기가 하고 싶은 부분 자기 계발에 열심히 하고 있었다.

"친구들아. 돈을 모아 우리끼리 휴가를 가자고 대학 새내기 즐기면서 재미있게 보내자. 인생이 별거냐? 떠나자!"

서로 이구동성으로 말했다.

"우리는 성인이 되었잖아."

남자친구도 사귀고 싶은데 아직 나에게 기회가 오지 않았다. 비가 많이 내리는 장마철이 되었지만 중부 지방은 늦게 내린다. 습도가 높아 불쾌지수가 다소 있었지만 재미있게 보낼 수 있는 휴가 계획을 짜면서 날려 버렸다.

장마 전선이 한반도에서 오르내리다 한 달이 지나자 소멸했다. 드디어 떠나기로 한 날이 되었다. 운전을 할 줄 아는 김선경이가 아빠 승용차 빌려왔다.

2박 3일 묵을 펜싱을 예약해서 여러 가지 시장을 보아 짐을 차에 싣고 네 명이 타고 출발했다.

"별이 쏟아지는 해변이 아니라 강변으로 가요!"

시원한 차 안에서 노래가 흘러나와 모두 따라한다.

"양평이 남한강과 북한강이 만나는 곳이지."

"가 보지는 않았지만 그런 말 들었어."

"양평보다 더 가서 가평이 우리 목적지야."

"가평은 경기도와 강원도 분계점이고 남이섬이 가깝지."

"양평은 물놀이하기에 깊고 가평이 좋아."

서로 한마디씩 말하니까 차 안이 시끌벅적했다. 한두 시간 운전하고 강가에서 가까운 펜싱에 도착했다.

"얘들아 짐 들고 들어가자."

시장 본 음식을 해먹을 수 있게 편리하게 갖추어진 곳이었다. 어느 정도 정리하고 점심때가 약간 지나 배가 고프니 밥부터 준비했다. 고기를 구울 수 있는 판도 있어 상추 깻잎 마늘 고추를 씻어 쟁반에 놓고 굽기 시작한다.

살기 좋은 나라

아직 개발이 되어 있지 않아 깨끗하게 지어진 전원주택 자연과 더불어 살기 원한 사람들이 모여 사는 곳에 우리는 잠깐 도시를 벗어나와 즐기고 있다.

고기가 지글지글 먹기 좋게 익어 소주도 한 잔씩 도란도란 말소리가 나면서 분위기가 좋았다.

"이런 낭만 청바지에 누릴 수 있는 자유가 있는 것이 민주주의가 아니겠니? 우리 대선배들이 싸워서 일구어낸 책임과 의무가 따른 진정한 자유 민주주의 말이야."

"야, 지아. 책 많이 읽었다. 그런 멋진 말을 할 수 있으니."

이렇게 대화를 많이 나누면서 재미있게 놀다가 시간이 금세 흘러 일상생활에 복귀하였다.

올여름도 한동안은 숨을 쉴 수가 없을 정도로 더웠다. 그런데 신기한 것은 그렇게 죽일 듯이 덥다가도 꼭 가을이 온다는 사실이다. 가을은 후드득 내리는 빛줄기로 한줄기 서늘한 바람으로 우리의 가슴을 헤집어 놓는다.

이 아침 하늘을 쳐다보며 유리 주전자에 눈이 가서 국화꽃잎을 넣고 차를 끓여 한 모금씩 마셔본다. 나뭇잎들의 짙은 녹색 모양이 다르게 하나하나 정성들여 지으신 하느님, 그분은 정말 어떻게 그런 능력을 가지셨을까. 성당 앞 쉼터의 나뭇잎보다 더 많은 보라매 야산에 우거진 나무들의 모습을 보기 위해 공원에 와 있었다. 고운 물이 들려는지 마지막 짙은 푸르름에 햇볕과 바람이 세례를 한다. 벤치에 앉아 연못의 물을 이용해 분수가 시원한 물줄기를 내뿜으며 음악에 맞추어 춤을 추는 것을 유심히 바라본다. 사람은 태어날 때부터 외롭게 태어났는데 이 가을에 외로움이 물밀듯이 몰려와 하느님을 부르짖게 만든다.

'이 세상에 인간이 할 수 있는 것이 무엇이 있겠습니까.'

하늘은 높고 파란 창공 아래 비둘기 떼들이 우르르 몰려다닌다. 하얀 구름이 두둥실 떠다닌다. 그 아래 코스모스가 무더기로 피어나 하늘하늘 춤을 춘다.

공원을 한 바퀴 돌아보며 깊은 호흡을 한다. 들국화 향기가 은은하게 피어나는 이 가을의 멋스런 향취가 새록새록 새로운 정경으로 다가온다.

공원을 한 바퀴 돌아 야산을 오르다 내려가는 중턱에 시원한 약수 한 모금 마시고 앉아 있다 걸음을 재촉하여 집으로 돌아가는 발걸음이 가벼웠다. 맑은 날 잘 닦아서 투명하게 된 프리즘이 햇살을 잘 통과시켜 오색찬란한 빛깔을 내듯이 단순하고 온전한 마음만이 하느님의 사랑을 제대로 받아들여 사랑의 결실을 맺는다는 것이다. 내가 가지고 있는 지혜를 갈고 닦아 젊음을 밑천으로 인생의 성공한 삶을 향해 방향을 정하고 내일을 위해 살아가야겠다는 생각을 이 가을에 해 본다.

아침저녁으로 온도가 떨어지고 낮에는 강렬한 햇빛으로 일조량이 풍부하여 산에 등산 가자는 친구들이 있었다. 학교에서 시간을 많이 보내고 짬이 나지 않아 주말이 되자 잠시 우리는 서울대학교 옆 관악산에 오르고 있었다.

산에는 아름다운 색상의 조화 울긋불긋 빨강 노란 옷을 입어 눈을 황홀하게 감탄이 절로 나왔다. 다람쥐가 먹이를 찾아 이리저리 돌아다니고 산속에 사는 새들의 노랫소리가 자유롭게 들리는 곳이었다.

성인이 되어 처음으로 단풍구경할 수 있는 여유가 주어져 낭만을 즐기는 젊음이 좋았다.

산 중턱에 돌이 모여 앉을 수 있게 만들어진 곳에 네 명이 앉아 이야기를 나누면서 아메리카노를 보온병에 가져와 종이컵에 따라서 마신다. 커피 향기와 아름다운 풍경에 취해 시간 가는 줄 몰랐다. 산에 단풍을 감상하고 돌아온 지 얼마 되지 않는데 나뭇잎이 낙엽이 되어 우수수 떨어진다.

낙엽철에 짝 찢어진 청바지에 티를 입고 거리를 돌아다닌다. 바스락 바스락 낙엽을 밟으며 소리를 가만히 들어본다. 봄에 이파리가 나서 짙은 녹색으로 작열했던 여름날의 태양을 받고 때가 되어 단풍으로 물이 들어 낙엽이 되어 떨어진다. 시몬 낙엽 밟는 이 소리가 들리는가. 시적인 감수성이 머리를 스쳐 한번 외워 읊어 보는 시구이다.

성당 앞마당의 나무에서 떨어진 은행잎 단풍잎이 떨어져 쌓인다.

밤늦도록 낙엽 밟는 소리를 들으며 거닐다가 집에 들어가 잠이 들었다. 그런데 간밤에 겨울을 재촉하는 비가 내렸다. 아침햇살에 떨어진 낙엽이 머금은 물기가 반짝반짝 반사되어 빛이 난다. 갈색 향기에 취해 가만히 눈을 감고 감상한다.

'이 가을에 열정적인 사랑을 할 수 있는 기회를 주세요. 사람은 사랑과 이별을 통해 영글어가면서 성숙해 가는 과정이 있어야 넓은 마음으로 인격이 형성되지 않겠습니까?' 하고 생각해 본다.

2. 첫사랑

나뭇가지에 남아 있는 낙엽마저 떨어지면 이제는 겨울로 들어간다는 자연의 신호를 보내는 것이다. 세찬 바람이 윙윙 소리를 내며 불어온다. 우리가 함께하는 공동체가 위축되거나 분열되는 상황을 그냥 지나쳐서는 안 된다고 생각한다. 이 상황에서 얼마나 몸과 마음을 다했느냐고 주님께서 나에게 묻는다면 나는 말씀을 드릴 수 없다. 이 순간 내가 이렇게 나 자신을 성찰 할 수 있다는 것은 결코 내 의식으로만 된 것이 아니다. 마음 깊은 곳에서부터 어떤 움직임이 시작된 것이다. 이는 누군가 나를 위해 기도드리고 있다는 뜻이기도 하다. 다시 말해 기도를 통해 지금 나는 그 누구와 소통이 되고 있다는 의미이다. 이러한 우리에게 들려주는 다음의 말씀은 희망 그 자체이다. 그리고 주님은 이 희망이 이미 실현되고 있다고 선포하신다.

"내가 또 진실로 너희에게 말한다. 너희 가운데 두 사람이 이 땅에서 마음을 모아 무엇이든지 청하면 하늘에 계신 분께서 이루어 주실 것이다."

마음을 모아 같은 소망을 품고 주님을 향한 믿음과 기도 안에서는 무엇인가 이루어지고 있다는 그 이유를 말씀하신다. 두 사람이나 세 사람이라도 주님 이름으로 모인 곳에는 나도 있기 때문이다. 청하는 모든 것이 이루어질 수 있는 주님 함께하는 공동체 그 공동체의 일원이 될 수 있는 나와 너 그리고 우리는 얼마나 행복한 사람인가를 느낀다.

하느님 신비 안에서 무한한 가능성이 내 앞에 활짝 열려 있다. 그동안 끊겨진

살기 좋은 나라

관계로 우울했던 마음속에 희망의 빛이 떠오른다. 나의 가족들 안에서 혹은 내가 속한 공동체에서 벌어지는 문제를 그 어디서부터 누군가 마음을 모아 주님의 이름으로 기도할 수 있고 대화를 나눌 수 있다면 그 자체가 축복이다.

거리에 쌓인 낙엽을 미화원 아저씨들이 쓸어 모은다. 앙상한 가지만 남아 있는 짙은 고동색 나무에 짚으로 둘러 묶어서 한겨울을 나기 위해 준비를 한다. 그 주위를 찬 바람이 스쳐 지나간다. 벌써 한 해가 다해 가는 아쉬움이 남아 허전한 마음으로 먼 창공을 바라본다.

친구 미연이가 남자친구를 사귄다면서 그의 친구를 소개해 준다고 말이 오고 갔다. 크리스마스가 다가오니 그때 미팅을 하자고 그 남자가 어떻게 생겼을까 하고 호기심이 많았다.

그날 눈이 오는 날 만났으면 눈을 기다리는 마음이 가득했다. 아직 십 대인데 가장 젊은 나이에 다른 것은 염두에 두지 않고 같이 밥 먹고 차 마시고 영화 보고 데이트를 하고 싶다는 생각이 강했다. 먼 훗날 돌아보면 떠오르는 추억을 만들고 싶었다.

잿빛 하늘가에 눈이 올 것 같은 날씨는 몇 번 있었으나 눈이 오지 않았다. 설레는 마음은 풍선처럼 들떠 있었다.

우리는 순수한 마음으로 화이트 크리스마스이브에 만났다. 분위기 좋은 카페에서 잔잔한 음악이 흐르고 커피 향기 속에 마주 앉아서 대화를 한다.

"세대 차이가 나지 않는 같은 줄, 만으로 열아홉이란 나이에 어울리는 노래 한 곡하는 낭만을 즐기고 싶어요."

"나는 일곱 살에 학교에 들어갔어요. 그냥 만나서 앞으로 미래는 생각하지 말고 이 순간을 즐겨요."

"그래요. 부담 없이 만나요. 오전에는 방학 동안 알바하고 가끔 만나서 밥 먹고 차 마시면 어때요?"

"좋아요. 지아 씨라고 부르겠어요."

"나도 우진우 씨라고 부를게요."

우리는 호칭을 자기 이름 부르는 것으로 합의를 보았다.

한참 이야기를 나누고 자리를 옮기기 위해서 밖으로 나왔다. 눈이 내린다. 둘이서 눈을 맞으며 걸었다.

가슴이 뜨거워지고 춥지가 않았다. 아무것도 가진 것이 없고 젊음만이 전부인 우리 청춘들은 주머니에 돈이 없었다. 생맥주 500cc 한 잔씩 오돌뼈에 마시자고 했다. 20분가량 걷다가 맥줏집에 들어가 자리에 앉고 시키자 바로 안주와 맥주가 나왔다.

잔을 부딪히고 한 모금씩 마시며 우리 나이에 관심사를 말한다. 밤이 이슥하도록 대화하는 주제가 통하여 시간 가는 줄을 몰랐다. 눈이 얼어서 쌓인다. 과게에서 나와 뽀드득뽀드득 눈을 밟는 소리를 들으며 우리 집 앞까지 바래다주었다.

성당에서는 밤미사가 끝나고 사람들이 마당에 나와 있었다. 탁자를 나란히 놓고 김이 모락모락 나는 떡국 한 그릇씩 앞에 하고 알맞게 익은 배추김치에 먹기 시작했다. 나도 줄을 서서 떡국을 받아들고 친구들이 있는 곳으로 갔다.

"얘들아, 메리 크리스마스."

"메리 크리스마스. 기분 좋은 밤이야."

"너 데이트하러 갔다면서? 어떻게 됐어?"

애들이 이구동성으로 물었다.

"데이트했어. 처음으로 여기까지 바래다주고 갔다."

"떡국이 오랜만에 여럿이 먹으니까 맛있다. 희아야, 이쪽으로 김치 좀 줘."

"자, 선경아. 지아 데이트 이야기는 나중에 물어보자. 이제 만났는데 말이야."

"그래그래."

신자들이 떡국을 먹은 뒤 빈 그릇을 갖다 놓고 밤이 깊어서 모두 집으로 돌아갔다.

나도 언니와 같이 집으로 돌아와 화장을 지우고 양치질을 한 뒤 세수를 했다. 스킨로션을 바르자 향기가 방 안에 퍼졌다.

날씨는 가장 추운 겨울로 접어들었다. 우리는 젊음만으로 추운 줄을 몰랐다. 느낄 수 있는 것은 마음속에 열기가 활활 타오르는 심장이 뛰는 소리였다. 두꺼운 외투에 목도리를 두르고 장갑을 끼고 긴 가방을 메고서 외출을 하는 일정이 지루하지 않고 즐거웠다.

용돈은 부모님께 의존하지 않고 벌어서 아껴 쓰는 것 절약하는 습관이 몸에 배어 있었다.

여러 번 진우 씨와 만나서 시간을 같이 보냈다.

오늘 아침에 일어나 보니 세상이 하얗게 눈이 쌓여 있었다. 너무나 좋아서 진우 씨에게 전화를 했다.

"진우 씨, 온 세상이 눈으로 변했어요. 하얗게 쌓였어요. 우리 만나서 재미있게 놀아요."

"그래요. 준비하고 나갈게요."

단단하게 챙겨 입고서 진우 씨를 만나 내가 다녔던 초등학교 운동장으로 걸어갔다. 얼어서 길이 미끄러웠지만 운동화 신고 눈을 밟는 소리는 너무 경쾌하게 들렸다.

하얗게 쌓인 운동장을 마음대로 달려 본다. 눈을 뭉쳐서 서로 던지고 눈싸움도 해 본다. 동심에 젖어 눈을 커다랗게 뭉쳐 눈사람도 만들어 본다. 나무에 쌓인 눈을 떨치고 나뭇가지를 꺾어 눈, 코, 입도 만들었다. 눈에 누워서 사진도 찍었는데 몇 시간 놀다 보니 추웠다. 우리는 손을 잡고 학교 운동장을 뒤로 하고 나와서 걷다가 커피숍에 들어갔다.

따끈한 아메리카노를 한 잔씩 마시면서 서로 웃었다. 몸을 녹이고 앉아서 밖을 바라보니 세상 모든 것을 다 가진 것처럼 우리 마음은 포근하고 좋았다.

음악 감상에 젖어 시간 가는 줄 모르고 먼 훗날 생각하면 그때에 우리는 이렇게 추억을 새겼지 생각에 잠겼다.

방학 동안 알바하고 데이트하다 보니 겨울이 다가는 듯 눈 녹는 소리가 새롭게 들린다. 아직 봄은 멀리에 있는데 겨울잠을 자는 생물들은 기지개를 펴는 것 같아 봄이 오는 소식을 기다린다.

엄마는 시장에서 비닐하우스 안에 재배한 식물들을 사와 맛있게 요리한 음식을 식탁에 올린다. 엄마가 하는 일은 집안일이고 남은 시간은 인터넷과 글쓰기를 한다. 내가 어려서부터 보아 온 엄마의 모습은 항상 노력하면서 큰 꿈을 이루기 위해 열심히 소통하신다.

그런데 사회가 돌아가는 것을 보면 권력이 있는 사람은 없는 사람의 자유를 막아 힘든 시간을 견뎌야 하는 인내와 노력 끊기 없이는 일어설 수가 없다고 생각했다.

2학년 새 학기를 시작하는 준비를 하면서 바쁘게 보냈다. 얼었던 대동강 물도 풀린다는 우수와 개구리가 잠에서 깨어난다는 경칩이 지났다. 짙은 고동색 나뭇가지에는 어느 사이 파란 떡잎이 돋아나고 있었다. 꽃샘추위가 꽃피우는 것을 시새워 찾아오곤 했었다.

진우 씨가 새봄 맞이 음악회 티켓을 두 장 가져왔다. 대학로에 있는 분위기 좋은 강당에서 성악가들이 차례로 나와 가곡을 부르는 장면들을 같이 감상하였다. 손을 가만히 잡자 따뜻한 체온이 느껴졌다.

이대로 헤어지기 싫어 포장마차에서 소주를 마시기로 들어가 탁자를 사이에 두고 앉았다.

오뎅국물, 닭발, 똥집. 서민적인 음식을 안주로 소주를 주거니 받거니 밤이 깊어 간 줄 모르게 마셨다.

살기 좋은 나라

너무 취해서 택시를 타고 집에까지 어떻게 왔는지도 모를 정도였기 때문 그다음 날 엄마는 자연적으로 묻는 말 속에 남자친구를 사귄다는 것을 알게 되었다.

주말이어서 엄마의 걱정하고 염려하는 듯한 잔소리를 오전에 들었다. 신경 쓰지 않아도 된다고 말씀 드렸다.

"엄마, 결혼이 아니라 친구일 뿐이라고 선을 긋잖아요."

"나이가 어린데 한참 공부해야 할 텐데 시간을 뺏기잖아."

"엄마가 걱정하는 일은 일어나지 않으니까 안심해요. 단지 남자친구가 필요해서. 엄마는 작가이면서 이해를 못 해요?"

"잠시 친구라면 말하겠니? 너무 취해서 들어오는 것은 삼가라. 외국에 공부하러 갈 때까지다."

"엄마, 그만 말해요. 자기가 알아서 할 텐데 신경을 쓰지 않아도 때가 되면 헤어지게 되어 있어요."

언니의 참견에 여기까지 일단락되었다.

따뜻한 봄 햇살이 온 누리에 퍼져 활동하기에 알맞은 기온이 되었다. 봄바람이 살랑살랑 불어와 피부에 닿아 촉감이 부드러운 느낌은 너무나 좋아서 날아갈 듯 기분도 상쾌했다.

우리 사회는 겉은 화려한데 속은 썩었다고 질책한다. 위정자들은 말만 하고 실행하지 않으며 겉으로는 남에게 보여 주기 위해 옷을 입고 윗자리 놓은 자리를 좋아한다는 것이다. 남들이 자기에게 인사하고 높여 불러주기를 바란다. 겉으로는 거룩한 척하지만 실상 속은 명예와 권력을 탐하고 권위주의와 위선으로 가득 차 있다는 말이다. 이런 모습을 두고 겉과 속이 다르다는 의미로 표리부동이라고 하는 것이다. 현실은 이런 사람들이 많아 사회문제로 대두되고 있는 상황이다.

순수한 마음으로 진우 씨와 만남은 아무런 욕심이 없는 같은 생각을 공유하고 있는 그 자체이다. 베란다 앞 유리창 너머로 보이는 파란 하늘, 가끔 공항으로 향하는 비행기가 시야에 들어온다. 그리고 창공을 날아다니는 비둘기 떼가 몰려온다.

나는 무엇을 하며 살아야 하나. 어떤 일을 하고 어떤 삶을 살아야 하는가. 자신에게 묻고 또 묻는다.

봄기운이 완연한 가운데 작년에 남쪽 나라에 날아갔던 제비가 다시 찾아와 지지배배 인사를 한다. 아스팔트 길 위에 아지랑이가 아른거리는 느낌은 시골 밭두렁에서 볼 수 있는 것을 도심에서도 볼 수 있다. 가로수 나뭇가지는 엷은 녹색으로 옷을 입었다.

나는 학교 공부보다 외국어 공부에 열중하고 있다. 사회생활에 필요하기 때문 준비를 하는 중이다. 방학 동안에는 자주 만났는데 진우 씨는 진우 씨대로 나는 내 나름대로 인생 방향이 달라 지금은 일주일에 한 번 정도 만나 영화 보고 밥 먹고 차 마시는 것이 전부이다. 우리 사이에 어울린 단어는 아직 어린 나이에 느끼는 풋사랑에 기분이 들떠서 철없이 책임지지 않는 자유에서 비롯된 것이다.

오늘은 아침부터 분주하게 움직인다. 어제 사 온 김밥 재료로 언니와 같이 김밥을 싸고 있다.

"엄마 하는 것 보니까 이렇게 싸더라."

"언니, 도와줘. 남자친구를 위해서 처음으로 싸는데 솜씨가 서툴러. 맛있어야 하는데."

"김밥을 먹으면 밥을 많이 먹게 되는데 속을 야채로 많이 넣어."

"믹스커피를 타서 병에 담아야겠다."

"플라스틱 그릇에 담으면 어떻게 보일지 성의껏 하는데 말이야. 요즘에는 다 그러는데."

"아무튼 맛만 좋으면 돼. 한입 먹어 봐, 언니."

"음. 맛이 좋다. 너도 먹어 봐."

김밥을 넉넉하게 싸서 가족이 먹을 수 있게 쟁반에 가득 담아놓고 꼬투리도 맛이 있었다. 예쁘게 차려입고 봄소풍 가기 위해 배낭을 메고 신바람이 나서 집을 나섰다.

"진우 씨, 나예요. 지금 출발해요. 거기에서 만나요."

"오케이 좋아요."

만나기로 한 장소에 도착하자 마침 진우 씨가 버스에서 내렸다.

"집이 당산역이야. 버스가 밀리지 않아서 빨리 왔어요."

"가까운 거리네요. 서울에서 30분 걸리면 아주 가까운 곳이에요."

"공원으로 꽃 보러 가요."

"그래요. 지름길을 알아요. 이쪽으로 가요."

봄은 요술 지휘봉으로 가지가지 꽃을 피워내는 신기함, 슬기와 지혜를 가지고 있는 계절이라고 생각한다. 싱그러운 냄새 은은하게 피어나는 꽃향기 모든 것이 새롭게만 느껴지는 이 마음은 오래도록 기억이 될 것이다.

분수대를 가운데로 만들어진 큰 연못 둘레길을 손을 잡고 다른 연인들처럼 한 바퀴 몇 바퀴 돌고 나서 벤치에 앉았다. 시장기가 든다면서 정성스럽게 싸 온 도시락을 꺼냈다.

"여기 젓가락, 먹어요."

"맛있어요. 이 도시락 나를 위해 만들었단 말이에요?"

"그래요. 솜씨가 서툴지만 처음으로 남자친구를 위해서."

"고마워요. 이렇게 생각해 주어서."

"만나면 헤어질 때를 생각하는 것 아니에요. 서로 앞길의 발전을 위해서."

"아직은 익숙하지 않은 말이어요. 무슨 뜻이에요."

"때가 되면 말할게요."

우리는 머리 아프게 더 이상 묻지 않았다. 사람은 미래의 다가올 일에 대해서 한치 앞을 보지 못하는 불완전한 인간이다. 그런데 미리 당겨서 무슨 일이 일어날까 걱정할 필요가 없다. 현재에 충실하고 즐기고 싶은 마음뿐이다.

봄 햇살이 따가웠지만 그늘은 포근하게 알맞은 온도를 유지하는 날이 그렇게 많지가 않았다. 너무나 기분 좋은 만남 즐기는 이 순간을 오래도록 잊지 못할 것 같다. 해질 무렵 진우 씨의 손을 잡고 왔던 길을 다시 걸어서 진한 느낌으로 집에 돌아왔다.

짙은 녹색이 우거져 울창한 숲으로 변해가는 푸른 5월이 되었다. 싱그러운 훈풍이 불어와 기분 좋은 날씨가 계속 이어졌다. 장미가 담장 너머에 피는 때인데 헤어질 수밖에 없는 나의 절박한 입장을 어떻게 말을 해야 하나 고민을 하고 있었다. 우리의 만남은 긴 인생길에서 잠시 추억을 새기고 스쳐지나간 사람이지 깊이 생각했던 사이가 아니다. 나는 어학연수에 갔다 오면 곧 바로 졸업하기 때문 이번 학기말 시험이 마지막이다. 서로 다른 길을 가야 하기에 여기에서 헤어지고 충실하게 마지막 시험에 최선을 다하고 싶었다.

학교생활이 바쁜 가운데 만나는 횟수가 줄어들었는데 마침 기회가 와서 말을 꺼냈다. 커피숍에 들어가 할 말이 있으니 커피 한잔하자고 했다. 머그잔을 앞에 하고 김이 모락모락 나는 모습을 바라보다 어렵게 말을 시작했다.

"나와 우진 씨가 만난 지 몇 개월 됐지요. 여기에서 헤어집시다. 다음 달에 일본으로 어학연수 가게 됐어요. 인생 방향이 달라서 이쯤해서 정리하고 싶어요. 고학년 나왔다고 하면 취직이 잘되지 않아서 전문대를 갔는데 경험을 쌓기 위해 유학 갑니다."

한참 말을 잇지 않고 있다가 답이 나왔다.

"생각해 보니 나도 군대를 가야겠어요. 지아 씨가 떠나면 잊기 위해서가 아니라 국방의 의무에 충실하고 싶네요. 남자라면 군대 가는 것이 당연하죠. 아직 이 나이에 서로 자기 발전을 위해서 말이에요."

살기 좋은 나라

"시원해서 좋네요. 후에 돌아보면 20대에 잠시 추억을 새긴 남자 생각이 날 거예요."

"마지막으로 안아 봅시다."

식은 커피를 다 마시고 뜨겁게 포옹하고 헤어졌다.

그 사람을 사귄 지 몇 개월이 되었다고 마음 한구석이 텅 빈 것처럼 쓸쓸해지는지 모르겠다.

이제 이런저런 생각들을 정리하고 공부하는 데 시간을 보내는데 당분간은 문득 그립기야 하겠지만 잘 견뎌 내는 내가 대견스러웠다. 그래서 혼자 있지 않고 학교에서 친구들 집에서는 언니하고 수다를 떨고 생각을 나의 앞길과 일자리 찾기에 시간을 투자하였다.

행사가 많은 가정의 달이다. 우리 가족이 중요하다는 의미를 깨닫고 부모님 스승님에게 감사하는 마음을 언니와 같이 새겼다. 햇살이 베란다를 통해 거실에 온화한 빛이 반사되어 안정감이 있는 기분 좋은 토요일 오후이다.

언니가 알바를 하고 오는 길에 따끈한 아메리카노 네 잔을 사가지고 왔다. 가족이 모여서 커피를 마시면서 대화를 한다.

"우리 애들이 성장을 하니까 대화도 할 수 있고 좋네요. 여보 당신과 결혼해서 지금이 가장 행복한 때여요."

"몇 년 더 살면 남자친구 사귀다 사위도 생기고 사위만 생겨 손주들도 생기지. 갈수록 좋은 일이 생긴다고 생각하면 행복한 인생이지. 안 그러니, 얘들아?"

"그래요. 엄마 아빠."

"우리 엄마 아빠는 긍정적인 생각을 하시니까 젊게 사시는 것 같아 보기 좋아요."

"언니, 커피 향기도 좋고 커피 맛이 개운해서 굿이야."

"너희들은 부모가 이 세상에 없어도 우애하고 친하게 살아야 한다. 형제도 없고 자매 둘뿐인데 말이야."

"그럼요. 당연하죠. 오래오래 건강하게 우리 곁에 있어 줘야 힘이 나죠. 그렇지, 언니?"

"걱정하지 마세요. 친구 같은 자매니까."

따뜻한 거실에 훈훈한 바람이 불어와 화목한 가정에 하느님께서 축복을 내려주신 것 같았다. 산이 푸르다. 관악산이 저 멀리서 아름답게 보인다. 병풍처럼 펼쳐진 산 앞에 이제는 건물이 앞을 가려 보이지 않는 곳이 있어서 안타깝다.

서울은 발전을 많이 하였다. 가장 짧은 시간으로 근대화(산업화)가 되었고 민주화, 시민화를 이루어 낸 우리 부모 시대의 근면, 성실, 노력을 본받고 생활할 수 있는 자세로 임해야 한다고 생각했다.

3. 워킹 홀리데이

강한 햇볕이 하늘에서 내리비추지만 습도가 낮아 시원한 바람에 기분 좋은 초여름이다.

나는 학기말 시험에 최선을 다해서 치르고 국을 몇 개월 떠나 있을 생각하면서 '잘할 수 있을 거야.' 하고 마음을 굳게 다스렸다.

한편으로는 긴장하고 초조한 심정을 감출 수가 없어 성당마당의 성모상 앞에서 하느님 말씀을 조용히 묵상하였다. 구원의 잔치에는 거리에서 만나는 모든 이들 곧 모든 민족들이 초대를 받는다. 선한 이든 악한 이든 누구 할 것 없이 모두가 하느님의 초대된다. 그리고 이렇게 초대된 이들이 바로 오늘날의 우리 그리스도인들이라 할 수 있을 것이다. 하느님이 이런 무차별적인 초대에서 드러내는 바는 우리 또한 무슨 자격이 있어서 하느님께서 부름을 받고 세례를 받아 그리스도인이 된 것이 아니다. 아무나 만나는 사람을 잔치에 불러오라고 명하였고 그렇게 부름을 받는 것은 우리들이기 때문이다. 그렇다면 우리 또한 하느님의 자녀로 부름을 받았다는 사실 자체에 안도하고 그에 안주하기보다는 그 부르심에 합당한 예의를 갖추고 그에 맞는 일에 힘써야 할 것이다. 우리가 일상의 삶에서 봉헌하는 기도와 자선 희생이야말로 우리가 초대받은 구원의 잔치에 맞는 참된 예의가 될 것이다.

주님께서는 "내가 세상 끝날까지 언제나 너희와 함께 있겠다."라고 하셨다. 부활하신 예수님께서 하신 이 말씀을 생각하면 가장 든든한 힘이 된다. 나의 말과

행동은 온전히 나의 것만이 아니라 그 안에 함께 계신 주님을 이웃에게 보여 주는 것이기 때문이다. 그래서 우리는 말 한마디 행동 한 번을 할 때마다 조심스럽게 주님의 뜻을 헤아려 보아야 한다. 주님께서 늘 함께 계신다. 우리는 혼자가 아니라 두렵지 않다. 왜냐하면 우리 안에 계신 그분은 늘 우리가 상상할 수 없는 놀라운 일을 하시기 때문이다.

조용히 성호를 긋고 일어서서 넓은 마당을 거닐었다. 녹색 이파리에서 부는 바람이 상쾌하고 좋았다.

워킹 홀리데이 일본으로 떠나기로 한 날이 가까이 온다. 몇 개월 가족을 떠나 있어야 하기 때문 용기를 내고 어학연수를 아무 탈 없이 잘하고 오라는 의미로 외식을 하기로 했다.

소고기 돼지고기를 부위별로 무한 리필이 된 음식점에서 당분간 이런 음식을 먹지 못하기 때문 맛있게 많이 먹자고 하였다. 화창한 토요일 날 집에서 가까운 음식점에 들어가 앉자 기본 반찬과 고기가 나와 판에 올렸다.

"아빠, 소주 한잔하셔야죠. 여기 소주 한 병 맥주 한 병 주세요. 잔도 주세요."

"지아야, 너가 한 잔 따라 드려라."

"아빠 건강하세요. 엄마도요. 자."

"잔을 부딪치고 우리 딸들의 앞날을 위하여."

"위하여."

"지아야, 워킹 홀리데이가 힘들다는 것 알지? 힘들어도 포기하지 말고 잘 이겨 내야 한다."

"우리 지아 젊으니까 잘해 낼 수 있을 거야. 밥 잘 챙겨 먹고 감기라도 아프지 말고. 알았지?"

"아빠 엄마, 어학연수 잘 배워서 올게요."

"지아야, 도착하는 대로 영상 통화할 수 있게 확인해. 매일 들어와. 얼굴 보고 대화하자."

"그래 언니. 언니가 부모님께 잘해 드려. 내 몫까지."

"염려하지 마. 너만 생각하고 잘하고 돌아와."

힘내라고 우리 가족이 격려를 많이 해 주었다.

날씨는 점점 더워지고 있었다.

우리 민족이 상처가 많은 상아의 계절을 생각하면서 '잠깐 고생하는데 젊음을 밑천으로 승부를 걸어 보자.' 하고 마음속으로 외쳐 보았다. 전쟁 이후에 태어난 우리들은 부모님들이 어떤 고생을 해서 눈부신 경제성장을 이루어 냈는지 학교에서 배웠지만 눈으로 보지를 못해 알 수 없어서 체험을 하고 느껴 보자 그렇게 생각했다.

엄마는 밑반찬 김치를 담아 준비를 해 주셨다. 비행기 삯 월급 탈 때까지 생활비 등은 학교에서 지원해 주었다.

2012년 6월 셋째 주 토요일, 떠나기로 한 날이 되었다. 집 앞 시흥대로에서 인천국제공항으로 가는 택시에 도착해서 이민가방을 싣고 곧바로 직진을 했다. 처음이지만 교수님 학부모님들이 간단한 인사를 나누는 것은 당연하고 자연스런 장면이었다. 나는 엄마가 안아 주면서 '이제 엄마 품을 떠나는구나. 잘 견디고 이기고 성숙해서 돌아와.'라고 애써 눈물을 보이지 않았다.

나는 도쿄까지 안내해 주는 교수님 따라 비행기를 타기 위해 안으로 들어와 의자에 앉아서 기다렸다. 아직은 실감이 나지 않았다.

친구들과 담소를 나누고 있었다.

"나는 도쿄까지 데려다주고 호텔에서 일주일 동안 있으면서 어디로 배치를 받으면 비행기 타는 데까지 보고 나는 귀국한다. 선생님은 여기까지다. 너희들이 부딪치고 살아남기 위해 많은 고생을 해야 한다. 미지의 세계를 개척하는 사람은 인생에서 승자가 되는 것이다. 자 현실을 잘 이겨 내도록. 알았지?"

모두 자신이 없어서 조그마한 소리로 대답했다.

약 2시간을 날아서 도쿄 공항에 도착 그 주위에 있는 호텔로 향했다. 호텔이라서 좋은 곳인 줄 알았는데 크지 않고 간단한 시설이 갖추어져 있는 곳에 두 명씩 쓰기로 했다. 일본식 음식으로 밥을 먹고 방에 돌아와 와이파이가 터진 것을 확인하고 언니하고 영상통화를 한다.

"벌써 도착 했니? 밥은 먹었어?"

"나가서 먹고 왔어. 엄마는 어디 갔어?"

"엄마 시장에 갔어. 기분이 어때?"

"아직은 실감이 나지 않아. 어디에 놀러온 것 같은 기분. 내가 묵고 있는 방 보여 줄게. 작지만 괜찮아."

"잘 보인다. 언제 배치 받은 곳으로 가니?"

"인터넷 켜 놓고 있을 테니까 들어오고 싶을 때 들어와."

한 방에 두 명씩 사용하는데 일요일 지나고 월요일이 되었다. 일본 사람들의 집은 오래되었고 크지 않는 구조였다. 시내 구경하고 점심을 먹기 위해 음식점에 모여 있었다.

"내일에는 실습장으로 가게 된다. 일본어를 잘한 사람도 있지만 현장에서 잘 견뎌 내야 한다. 비행기는 같이 타고 공항에 이름을 써가지고 나와 있는 사람 따라가면 된다. 정신 차리고 네 명은 시골 관광지로 두 명은 일본어가 잘 안된 사람은 시골에 좀 한가한 데로. 알았지?"

지금까지 여섯 명은 사이가 돈독했다.

서로 웃으면서 교수님이 하라는 대로 잘 적응하고 마지막 날 비행기표가 있으니 시간 맞추어서 돌아가라고 했다. 음식을 파는 가게를 경영하는 주인아저씨를 따라 실습장에 갔다.

종업원은 젊은 사람 한두 명이고 주로 할머니들이 일을 하고 있었다. 이곳은

살기 좋은 나라

비수기인데 인권비가 싸서 우리들을 쓴다고 했다. 처음에 말문이 트이지 않아 영어로 말했다.

일본 사람들은 영어를 알아듣는데 일본어로 말했다. 모든 것이 낯설고 어색했다. 처음이니까 나아질 거라 생각했다. 벌써부터 우리나라가 그리워진다. 엄마 아빠 언니가 있는 서울에. '지금부터 이런데 적응할 수 있을까. 젊음으로 버텨 보자.' 내가 하는 일은 서빙이었다. 주문을 받고 접시를 나르는 일. 한 번도 해 보지 않는 일을 일본에 와서 하고 일본어를 현장에서 배우는 것이 빠르기 때문이다.

이렇게 5일간은 일하고 토요일 일요일은 관광지를 여행 다닌다. 밤에는 숙소에 돌아와 영상 통화한다. 매일 부모님과 언니를 볼 수 있어서 다행이지만 힘이 들었다.

"엄마, 집이 편하다는 생각이 저절로 들어요. 엄마가 해 준 밥 먹고 학교 다니는 것이 그리워."

"힘들지만 이겨내야 된다. 성인이니까 책임감으로 무장하고."

"엄마, 김치 담아서 고추장이랑 보내 줘요. 쉬는 날이면 밥이 나오지 않으니까 쌀과 고기를 사서 해먹어요. 고추장 불고기."

"알았다. 주소 보내라."

"친구하고 둘이 있으니까 알아서 보내세요. 한두 번만 보내면 될 것 같아요. 일본 음식은 잘 적응해서 먹고 있어요."

쉬는 시간이면 음악을 듣는다. 일본 사람 성격은 기분이 좋으면 말을 좋게 하고 기분이 나쁘면 나쁘게 말하고 우리들에게 배려해 주지는 않는다. 그냥 부딪쳐 보고 말이 통하지 않으면 손과 발로 표현해서 소통하려고 애를 써보는 것이다. 그렇게 노력하니까 어느 정도까지는 이해가 된다.

일본 시골에서도 여름에 비가 많이 내렸다. 비가 내리는 날 음악을 들으며 서울을 생각한다.

나이의 많고 적음을 떠나서 새로운 날을 맞이한다는 것은 그만큼 벅찬 일이라고 느낀다. 하루를 약속받는다는 것도 가슴 벅찬 일이라는 생각이 드는 요즈음인데 일 년 중 남은 달을 설계하면서 맞이하겠다는 것은 친구들의 용기에 자극을 받아서 지금 이 순간을 살아내야 하는데 최선의 노력할 수 있음에 하느님께 감사드린다. 두 손 모으고 기도한다.

눈을 뜨면 성수기인지 비수기인지 구별할 수 없게 꾸준히 손님이 많이 노는데 어학실력은 자꾸 쌓아간다. 고생스럽지만 참고 견디면 인내는 쓰고 열매는 달다는 생각으로 이겨 나간다.

우리나라와 기온이 비슷하지만 낯선 타국이라 모든 것이 어설프다. 무더위가 기승을 부리고 소나기가 내리면 시원한 바람이 불어온다.

다른 가게에서 일하는 네 명 중에 소연이과 가끔 영상통화를 한다.

"서울에 있었으면 등록금 내고 수강 신청하러 다닐 텐데."

"다른 친구들은 잘 있겠지. 몸이 고되지만 생각이 나."

"자격증은 시험 봐서 따는 거고 수료증 현장에서 부딪치고 실습을 잘해서 마쳤다는 것이 더 중요하다고 했어."

"우리 이 순간을 이겨 내자. 파이팅."

"그래. 우리 힘 모아 해내자."

"이제 들어갈게. 쉬어, 지아야."

바람 한줄기에 뜨거운 열기가 식어가는 듯 가을이 올 기미가 보인다.

지금부터 67년 전 우리나라는 36년간 일제의 압박 속에서 신음하다 히로시마에 원자폭탄이 터지자 잔인했던 일본이 패망하고 우리나라의 광복이 찾아왔다. 독립을 원했던 열정적인 선열들의 희생으로 나라를 구하기 위한 투쟁. 목숨을 바친 거룩한 애국지사들을 우리는 잊을 수 없다. 얼굴 한번 본 적이 없는 엄마의 할아버지는 독립운동을 하셨다.

많은 논밭을 일본 사람에게 빼앗기고 외증조할아버지는 탄광에 징용으로 끌려 가셨다 한다. 인부 한두 명씩 데리고 고장 난 철로를 고치러 다니면서 일본 사람 몰래 정보를 전해 주는 독립운동을 하셨다는 말을 엄마에게 많이 들었다.

나는 독립운동가의 후손이라는 것을 자랑스럽게 여기고 생각해 보았다. 철로 를 타고 다녔으면 열차 시간표를 알 수 있었고 일본어를 할 줄 알아 누가 탔을 거 라는 중요한 정보를 알 수 있어서 전달하는 아주 큰일을 하셔서 독립기념관에 가 서 관람해 보면 한복을 입은 사람 형상으로 만들어 놓은 외증조 할아버지를 만날 수 있어서 가슴 뜨거운 애국심이 생겨 용솟음치는 힘을 발견한다.

그리고 또 외할아버지 형제는 8남매였는데 다섯을 나라를 위해 6.25 한국 전쟁 때 희생이 되고 엄마는 고모 한 분 삼촌 한 분 3남매 이신 의가 두터운 화목한 가 정에서 자랐다고 하셨다.

나는 워킹 홀리데이로 일본에 와서 나라를 사랑하는 애국하는 길이 무엇인지 처해 있는 현 상황에서 생각해 보았다.

아침에 눈을 뜨면 말이 통하는 사람은 연정이뿐이라 친하게 지냈다. 그런데 너 무 힘들어 의견에서 차이가 있었다.

열기를 식혀 주는 시원한 바람에 서울을 생각하면서 말을 한다.

"가정이 소중하고 나라가 소중하다는 것을 알 수가 있어. 토요일 일요일은 쉬 니까 밥을 주지 않는데 배가 고프겠다는 생각을 해 주지 않고 배려가 전혀 없다. 독하지."

"많이 일하고 아주 최저 임금을 주면서 많이 준 것처럼 갑질을 하니."

"물가가 너무 높아 조금 쓰고 나면 한 달이 아등바등 겨우 살아 살아가니 우리 가 한심하다. 무엇 때문에 여기 왔니."

"인생 공부하는 거다. 세상에는 공짜가 없다는 것을 알았지만 생활이 왜 이렇 게 어렵니."

"우리 서울도 가을이 시작되겠지. 그립다. 학교에 다니고 있을 친구들 가족들은 영상통화를 하지만 실제로 보고 싶다."

"어쩌든 여기서 견디고 이겨야 졸업하면 직업을 잡지."

"그래, 힘내자. 연정아."

우리는 서로 격려해 주고 외로운 마음을 같이 달랬다.

바람 한줄기가 풍요로운 가을을 예고한다. 가을 하늘은 높고 파랗다. 흰 구름이 두둥실 떠다닌다. 우리나라에서 바라보는 가을 하늘과 일본에서 보는 가을 하늘은 너무나 다르다는 느낌이다. 우리나라 가을 하늘은 파란색이 진한 색으로 세계에서 가장 아름답다. 하늘을 우러러 죄를 짓지 않고 착하게 사는 사람이 많아서 하느님의 선물이라고 생각한다. 그리고 우리 선조들의 옷은 무명의 하얀색이라서 더욱 그런 생각을 하게 되었다. 우리 국민들은 근면 성실 노력해서 눈부신 발전을 거듭하여 하느님의 축복을 충만하게 받은 복된 나라라고 생각하고 있다.

"지아야, 어떻게 잘 지내니? 힘들지만 잘 견디고 우리 딸 대견하다. 필요한 것 말해. 보내 줄게."

"엄마, 여기 사람은 배려라는 것이 없어요. 쉬는 날에는 배가 고파. 우리나라 전통음식 몇 가지 보내 줘요. 서울에서 물건을 부치면 빠르면 3일 늦으면 4일 만에 도착해요."

"그래. 추석이 얼마 남지 않았다. 음식해서 지금은 포장을 잘하면 상할 염려 없어. 보내 주마. 감기 걸리지 않게 신경 써라. 아프면 집 생각나니까 힘들어진다."

"예, 엄마. 들어가세요."

일본의 시골에도 가을꽃이 피었다. 내 나라 내 고향 서울 보라매 야산에도 가을꽃이 피었겠지. 눈에 아른아른 손에 잡힐 것 같다. 파아란 하늘을 바라본다. 저 하늘을 날아야 갈 수 있다.

추석이 가까이 오자 우체국에서 배달이 왔다. 엄마가 보내온 우리 전통음식 떡

김치 장수막걸리 등. 일본 사람에게 먹어 보라고 드리자 좋아서 잘 먹겠다고 했다. 그다음부터는 쉬는 날 쌀과 반찬을 조금씩 주어서 먹었다.

이제 3개월만 있으면 갈 수 있다. 힘내자.

몸이 피곤하니까 잠은 잘 수 있었다. 점심시간 전에는 준비하다가 손님이 오면 정신없이 바쁘다. 그리고 밥 먹은 후 좀 쉬었다 저녁손님을 받는다. 저녁은 그리 많지 않다.

일이 많아서 접시 닦기도 해야 할 처지다. 집에서는 공부하라고 설거지 한번 시키지 않았는데 이곳에까지 와서 안하던 일을 해야 하니 얼마나 우리가 편하게 자랐는지 알 수 있었다.

시원한 바람 적당한 온도에 산들산들 불어온다. 새들이 자유롭게 창공을 날아다니는 것을 보며 가족을 그리워한다.

짙은 녹색이 채색 되더니 여기에도 단풍이 들기 시작한다. 온도 차이가 크게 벌어지고 낮에는 뜨거운 태양볕을 받아 울긋불긋 빨강 노랑 색상이 잘 어울어진다. 산이 가까워 이곳에서 단풍을 감상할 수 있어서 다행이었다.

손님들 일행이 문을 열고 들어왔다. 우리나라 말을 하는데 너무나 반가워 울음이 나왔다. 한참을 낯익은 모국어가 귀에 들어와 아줌마를 안고 울었다.

서빙을 하면서 가이드하고 말을 했다.

"힘이 들죠. 무엇으로 일본에 왔어요?"

"학교에서 워킹 홀리데이로 왔어요."

"일하면서 일본어를 배우는 것은 너무 힘들어요. 유학으로 오면 돈은 많이 들지만 좀 더 나아요."

"여행 가이드도 힘들지 않나요? 돌아다니면서 소개하고 설명하는 것은 재미있겠지만 항상 집 밖에 나가서 일하는 거라."

손님 일행들은 부산 사람들로 일본 시골 온천에 여행 온 것이다.

엄마 또래 아줌마가 묻는다.

"왜 여기 왔노? 엄마가 보고 싶지 않나?"

"일본어 배워서 면세점 취직하려고 실습 왔어요."

"고생한다. 집 떠나면 고생이다."

"괜찮아요. 이 정도는 젊은이니까 견딜 만해요."

"언제 집에 가노?"

"12월 말에 귀국해요. 한두 달 남았어요."

말이 통하지 않아 부자연스러웠는데 익숙한 한국어를 하고 나니까 답답한 가슴이 뻥 트이는 것 같았다.

일과가 끝나고 숙소에 들어와 씻고서 단잠을 잤다. 이렇게 하루가 금세 지나갔다. 집에 갈 날이 가까워질수록 마음이 좀 편해지는 느낌이 들었다.

계절은 늦가을로 향해 달리기 한 것처럼 쉼 호흡하고 쉬고 있었다. 어느덧 낙엽이 하나둘 떨어지기 시작한다. 날씨가 싸늘해지자 뜨거운 온천에 몸을 담그기 위해 오는 손님이 많아 밥은 가게에서 먹기 때문 더 바빠졌다. 가을비가 내린 후 낙엽은 우수수 떨어져 쌓인다.

숙소에 돌아와서 가족과 영상 통화한다.

"아빠. 오랜만이에요. 건강하시죠?"

"아빠는 괜찮다. 너가 고생을 많이 한다. 우리 딸."

"아빠. 한 달만 있으면 집에 간다는 생각에 편해졌어요."

"그래. 너무하지 말고 힘드니까 요령껏 해라. 무슨 말인 줄 알지?"

"예. 엄마 바꿔 주세요."

"지아야, 뭐 필요한 것 있으면 말해."

"아니야. 한 달 있으면 가는데. 필요 없어."

"날씨가 싸늘해. 옷도 사 입고 항상 말하지만 감기 조심해라."

살기 좋은 나라

"엄마. 엄마가 해 준 따뜻한 밥 먹고 싶어."

"그래. 귀국하면 맛있는 것 해 주기도 하고 사먹기도 하고 지아가 해 주란 대로 다 해 주고 싶어."

"엄마. 그 생각하고 견뎌내는 거야. 괜찮아."

"그래. 마지막까지 몸조심하고."

"언니도 옆에 있네. 언니, 나 없으니까 재미없지?"

"응, 심심해. 네가 있을 때와 없을 때가 너무 차이가 나. 사람이 살지 않은 것처럼 조용해."

"우리 만나서 문화생활 즐기자. 영화 연극도 보고 음악회도 가고."

"그래. 그렇게 하자. 마무리 잘하고 너를 생각하면 미안해. 나는 엄마 아빠 옆에서 편하게 있는데 너는 고생하니."

"언니. 그런 말 하지 마. 부모님 옆에 언니라도 있어야지. 둘 다 외국에서 떠돌아다니면 어떡해. 그만 들어가."

겨울을 재촉하는지 바람이 세차게 불어온다. 을씨년스런 날씨가 계속 이어지자 서울 생각이 더욱 난다. 유리창에 입김을 불어 보고 싶은 사람 이름을 차례로 써 본다.

나뭇가지에 마지막 남은 잎새가 떨어지지 않으려고 이리저리 흔들리다가 결국 떨어져 땅 위에 쌓인다. 그 위에 눈이 내리려는지 잿빛 하늘이 흐려 있었다.

이제 내 나라로 돌아가련다. 부모 형제가 기다리는 서울로. 워킹 홀리데이가 힘들었지만 끝나 가니 여유가 생긴다.

휴일에는 선물을 사러 외출하기 위해 가게 직원의 도움을 받는다. 서울을 가는 날을 기다리는 마음속에 애국심이 이런 것이구나 하고 느끼는 귀한 시간이었다.

4. 귀국

눈이 쌓이지 않고 내린다. 겨울로 들어가는 길목에 서서 따뜻한 추위도 추운 줄 모르게 살 수 있는 곳이 우리나라이다. 일과가 끝나고 눈을 맞으며 숙소로 돌아와 크리스마스가 가까워 가는데 하느님 아들 예수님을 생각하게 되었다. 밖은 바람소리가 세차게 들리는데 말씀을 묵상하며 기도한다.

우리 신자들의 나눔을 보며 드는 생각은 도대체 이런 나눔의 마음은 어디에서 오는 것일까 하는 것이다. 마치 콩 한 조각이라도 나누어 먹듯이 더 도움이 필요한 이들에게 자신의 것을 나누는 마음은 분명 사랑하는 마음, 자비로운 마음이라고 표현할 수 있다. 조건 없는 사랑은 하느님께로부터 온 것이라 확신하게 된다.

왜냐하면 우리 신자들은 하루하루 주어지는 삶속에서 살아가기 때문이다. 그러한 하느님의 사랑과 감사가 각자의 마음에 가득 차 있기에 그 사랑이 자연스럽게 마음에서 흘러넘쳐 이웃에게까지 나누어지는 것이다.

마음을 다하고 목숨을 다하고 정신을 다하여 하느님을 사랑하게 될 때 자연스럽게 우리는 하느님의 사랑으로 우리의 삶을 가득히 채우게 되고 그 사랑이 흘러넘쳐 나 자신과 이웃을 사랑하게 된다. 그리고 그 사랑을 전해 받은 우리의 이웃들은 다시 한번 그 나눔을 통해 하느님의 사랑을 느끼게 되고 더욱 하느님을 사랑하게 되는 것이다. 이것이 예수님께서 우리에게 가르쳐 주고자 하시는 무한한 사랑의 나눔인 것이다.

온 마음으로 하느님을 사랑하며 하느님께 받은 사랑을 우리 마음에 가득히 채우고 우리가 받은 은총에 감사하는 마음으로 하루를 살아가는 것. 그리고 그 흘러넘치는 사랑을 나 자신과 이웃들에게 나눈다면 그것이 바로 하느님의 사랑에 따라 살아가는 우리의 삶이라고 생각한다.

우리가 여기에 오기 전 계약했던 대로 6개월이 되어 간다. 귀국하기 위해 최대한 짐을 줄이는데 버릴 것은 과감히 버리고 꼭 필요한 물건만 포장하여 집으로 보냈다.

이제 우리 헤어질 시간이 다가온다. 드디어 그날이 되어 이민가방을 끌고 가게 직원들에게 마지막 인사를 드리고 홀가분하게 그곳을 나왔다.

다른 친구들도 무사히 공항에서 만나 드물게 있지만 서울, 인천국제공항에 진열해 놓은 넓은 면세점에 근무하는 선배들을 만나 자리가 비면 연락해 달라고 부탁했다. 면세점에 다니는 여직원이 많기 때문 결혼하면 아기를 낳기 위해 잠시 육아휴직을 한다. 종종 자리가 나서 이왕이면 후배들을 소개해 준다는 말을 들었다.

"엄마, 아빠, 언니."

나는 이민가방을 놓고 서로 달려서 와락 껴안고 네 가족이 부둥켜안고서 극적인 상봉을 하였다.

"어디 보자. 우리 딸 많이 말랐네. 대견하다."

"많이 성숙해서 돌아와 기쁘다. 지아야."

"지아가 멋쟁이가 되어서 돌아왔네. 멋있어."

"언니 옷도 사 왔어. 나와 치수가 비슷해서 집에 가서 보자."

우리는 공항 전철을 타고 홍대 입구에서 갈아탔다. 구로 디지털에서 내려 택시를 타고 집에 이민가방을 놓고 밥부터 먹고 그동안의 이야기를 나누자고 집을 나왔다.

"엄마. 삼겹살 먹고 싶어."

"그래 무한 리필이 되는 음식점으로 가서 마음껏 먹자."

우리는 신풍역 근처에 있는 고깃집에 이야기하면서 걸어갔다. 식욕을 당기는 고기 굽는 냄새에 돌아왔다는 실감이 났다.

가게 문을 열고 들어가 자리에 앉아 주문을 받고 기본 반찬이 나와 자기들이 갖다먹는 셀프 서비스여서 필요한 고기를 불판 위에 올려놓고 소주를 시켰다.

"맥주는 배가 불러서 삼겹살을 많이 먹기 위해 마시지 말아요. 이 순간을 얼마나 기다렸는데."

"고기는 내가 구워서 자를게. 많이 먹어."

"지아가 먹는 것만 보아도 배가 부르다. 여보, 한 잔 받아요."

"아빠가 너무 고마워. 잘 참아 주었다. 내 딸답다."

오랜만에 우리 음식을 먹고 마시고 마음껏 즐겼다. 그동안 요요 현상이 일어나지 않게 아가씨 몸매 생각은 이다음에 하기로 하고 맛있게 실컷 많이 먹었다.

몇 시간 삼겹살을 만족하게 먹고 난 후 자리를 옮겨서 커피숍에 앉아 몇 달 동안 일본에서 있었던 이야기를 나누었다.

"일본 사람은 우리나라를 좋아하는 사람은 적고 싫어하는 사람이 더 많아. 일본 사람 중에 독도는 누구 땅이냐고 물어본 사람이 있어서 대답을 잘못했다가는 우리 가족을 다시 볼 수 없다는 판단으로 은근슬쩍 다른 화젯거리로 돌려 알아듣지 못한 표정을 지었지."

"야, 독도는 당연히 우리 땅이지."

"그러고 말고가 어디 있어. 독도는 우리 땅이다."

"그런 일 할 사람이 없어. 일본어가 필요해 허드렛일하고 배우지. 일본 사람들은 우리나라에 고마운 줄 모르는 염치없는 사람들이야. 이제 일본은 생각하고 싶지 않아. 너무 불친절해."

"우리 지아가 인생 경험을 톡톡히 하고 왔어. 고생 많았다."

"지아가 먹고 싶은 것 다 해 주어야지. 시장 가야겠다."

살기 좋은 나라

나는 무사히 돌아올 수 있어서 다행이라고 생각했다.

날씨는 추워 가는데 따뜻한 나의 방에서 긴장이 풀려 긴 잠을 자기 시작하였다.

'역시 나의 집이 최고야.' 집 떠나면 고생이라는 말을 실감하고 체험하고 난 뒤 우리 가정의 소중함을 절실하게 느끼게 된 것이다. 가장 추운 겨울을 나기 위해 생물들은 땅속이나 동굴 속에서 겨울잠을 자는데 올해의 겨울은 따뜻한 집에서 휴식을 취하니 천국이 따로 없이 포근하고 넉넉한 기분이다. 영하 15도 이상 내려가는 추위가 찾아와 온 세상이 꽁꽁 얼어붙어 도로에 차들은 거북이 운행을 한다. 그러나 상관없이 보일러 도시 가스 온도를 올려 훈훈한 거실 안에서 나는 음악을 듣기에 여념이 없다.

인터넷에서 흘러나오는 발라드 가요를 흥얼흥얼 따라 부르면서 컨디션은 다가오는 봄에 일자리를 잡을 수 있다는 생각으로 최고로 좋았다. 이 기분 이 자유를 마음껏 즐기고 있었다.

졸업시즌이 다가온다. 졸업을 하게 되면 취직을 하지 못해도 학자금 대출을 갚아야 할 부담을 갖고 사회에 나오지만 나는 부모님의 도움으로 그런 상황을 겪지 않아도 되니까 마음은 한결 가벼웠다.

입춘이 지나고 2월 중순 우리는 졸업을 하기 위해 식을 거행했다. 더 공부를 하고 싶은 사람은 관련 대학교에 편입하는 학생들도 있었고 고학년은 취업하는 데 부작용으로 따라오기 때문 그대로 사회에 나와 좋은 직업이 아니라 자기의 적성에 맞는 일을 찾아 즐겁게 사회생활 하는 사람도 어느 정도 있어서 나라의 미래 청년들의 미래는 밝다고 생각한다.

엄마와 언니가 졸업식에 참석하여 축하해 주었다.

졸업이란 또 다른 일에 대한 시작을 알리는 매개체라고 생각한다. 이제 나는 대학을 나와 새로 시작하는 사회생활을 잘하고 자립할 수 있는 기반을 닦아야 한다는 현실주의자가 되었다.

아직 추위는 풀렸지만 바람 끝이 차가운 날씨이다. 저녁에는 온 가족이 모여 맛있는 밥을 먹었다. 다시 기운을 내서 무엇이든지 새로 시작하는 일에 힘을 북돋워 주기 위해 매운 낙지볶음을 사주었다. 알맞게 매운 음식에 소주 한잔 곁들여 먹는 맛이 일품으로 좋았다.

봄의 기운이 산뜻하게 성큼성큼 다가온다. 겨우내 집에서 휴식을 취한다고 있었더니 기분이 봄바람을 쏘이고 싶어서 마음 가는 대로 외출을 한다. 햇살 가득히 온 누리를 비추며 먼 나래를 타고 온 봄 손님맞이하듯 설레는 마음을 갖출 수 없어 반가움을 표현한다. 새로운 봄이 내 곁에 왔다.

카페에 앉아 커피 향기를 즐기며 아메리카노 한 잔 마시고 있었다.

"여보세요?"

"김지아 핸드폰이죠?"

"예. 누구세요?"

"나 김현정 선배다. 인천국제공항 면세점."

"안녕하세요? 그때 기억이 나요."

"야, 다른 애들은 다 취직했다. 너만 남았다."

"그래요? 선배님."

"그만 놀고, 게시판에 사람 구한다고 써졌다. 나와 봐라. 이력서 써가지고 핸드폰으로 전화번호 보낼 테니 전화해."

"네. 문자 보내 주세요. 문의해 보겠어요."

나는 감미로운 음악을 들으며 설레는 마음으로 기분이 들떠 있었다. 커피 한 모금씩 마시면서 친구 미연이를 기다렸다. 아직은 바람이 조금은 차갑지만 환기하기 위해 열어 놓은 창으로 햇볕이 반사하여 들어오는 빛이 너무나 부드러웠다.

미연이는 학교를 졸업하고 과에 맞는 호텔 안에 고급 레스토랑에서 일하기 위해 수습 과정을 배우는 중이다.

나는 미연이를 기다리는 동안 전화를 해 보았다.

"여보세요? 인천국제공항 면세점 소노비죠?"

"네, 맞는데요. 누구시죠?"

"저는 면세점에 근무한 선배님 소개로 게시판에 사람을 구한다는 정보를 받고 문의 전화했습니다."

"학교는 언제 나왔어요? 근무 경험은 없나요?"

"학교는 올해 2월에 전문대학 졸업했어요. 일본어 어학연수로 현장에서 6개월 부딪히면서 준비했어요."

"그래요? 이력서 써가지고 내일 나와서 면접 보실래요? 면세점 들어올 때는 여권이 있어야 해요. 로비에서 기다리세요."

"네. 시간에 맞춰서 전화드릴게요. 그럼 수고하세요."

"내일 봐요."

전화를 끊고 알맞게 식은 커피 한 모금을 마셨다. 기회가 오면 잡기 위해서 면접 볼 때 무엇을 말해야 하나 곰곰이 생각에 잠겨 음악을 듣고 있었다. 안정된 분위기에 묻는 말에는 성실하게 적극적이고 긍정적 자세로 임해야겠다. 이윽고 미연이가 나타났다.

"끝날 시간이 지났는데 왜 늦었어?"

"그냥 올 수 없어서 내가 하는 일을 정리하느라고."

"야, 나도 취직이 될 것 같아. 내일 면접 보러 간다."

"그래? 됐으면 좋겠다. 너가 고생을 많이 했으니 잘될 거야."

"그런데 지금부터 떨려. 긴장이 되어서 말이야."

"우리 일어나 저녁 먹으러 다른 데로 가자."

"응. 일어나자. 뭐 먹을까? 일단 나가자."

밤이 되려고 해가 지자 쌀쌀한 기온이 피부에 닿아 추운 느낌이 들었으나 기분

만은 날아갈 것 같았다. 우리는 자리를 바꾸어서 김밥, 떡볶이로 저녁을 먹었다. 서로 앞날을 어떻게 살아갈 것인가 건설적인 이야기를 나누면서 진지하게 설계도 해 보았다.

이른 시간에 귀가하는 길 문방구에 들러 이력서 용지를 사서 가방에 넣고 방에 들어와 작성을 했다. 합격을 하면 말을 하려고 조용히 써서 가방에 다시 넣고 나자 마침 언니가 일을 마치고 돌아와 달달한 일회용 커피를 마시면서 이런저런 이야기를 나누다 잠을 잤다. 고요하고 적막한 밤은 재미있는 꿈나라로 안내를 하였다.

다음 날 이른 아침부터 단장을 하기에 바쁘게 움직인다. 드라이로 머리를 말리고 화장도 곱게 꾸미는데 어디에 가냐고 묻는 말에 갔다 와서 말해 준다고 말을 아꼈다.

사람들은 빠른 걸음으로 출근을 한다.

카페에 들러 아메리카노 한 잔을 사서 빨대로 마시면서 걸어간다. 전철 2호선을 타고 자리에 앉아 긴장했던 마음이 커피 향기에 조금 나아지는 것 같지만 여전히 늦출 수가 없었다.

홍대입구에서 내려 공항선으로 갈아탔다. 공항선 전철이 규칙적으로 자주 다니기 때문 사람들이 붐비지 않고 앉아서 가는 사람이 많았다. 공항 입구에서 내려 면세점으로 가는 입구에서 여권을 보이자 들어갈 수가 있었다.

로비에서 전화를 하고 기다리고 있었는데 젊은 여성이 나왔다.

"김지아 씨예요?"

"예, 안녕하세요? 처음 뵙겠습니다."

"나는 소노비 매니저예요. 이력서를 주세요."

이력서를 건네주고 잠시 약력을 세밀하게 보고 나서 말했다.

"일본어 자격증을 딴 사람은 많아요. 그런데 현지에서 어학연수로 직접 부딪치고 실습하는 사람은 드물어요. 아직 처보라구요? 정직원은 파견 근무하는 사람 세 명이여요. 좋아요. 월요일부터 출근하세요. 아직은 알바여요. 손님이 많아 바빠 있어요. 결혼한 직원은 두 명인데 임신하면 나오지 않아요. 알바로 있다 그때 정직원이 되는데 잘 적응해서 실수 없이 하도록, 노력하면 안 되는 것은 없어요. 잘해봅시다."

"명심하고 노력해서 외국 손님 접대를 잘하겠습니다."

"돌아가도 돼요. 출퇴근 버스가 있으니 이것 보고 시간을 맞추어 지각을 하지 마세요."

"예. 먼저 가보겠습니다. 수고하세요."

너무 긴장을 해서 그 자리를 빠져나와 안도의 숨을 쉴 수가 있었다.

넓은 공항 안을 돌아다니면서 구경을 했다. 퇴근 시간이 아니라 다시 공항선을 타고 홍대입구에서 내렸다.

첫 취직하고 대학로를 걷는 이 자유 너무나 신선하고 좋았다. 정장 차림이라 조금 불편하지만 기분 좋은 날 자유를 만끽하고 마시는 공기는 폐부로부터 산소를 필요로 한 것처럼 인생에 있어서 풍요롭게 살기 위해서는 자기에게 맞는 일을 찾는 것이다. 거리에는 활력이 넘쳐흘러 새로운 봄을 맞이하는 마음이 설렌다. 시내를 돌아다가 점심시간이 지나자 오늘 저녁은 고기를 먹고 싶어 목살, 삼겹살, 상추, 깻잎 등 시장을 보아서 귀가를 했다.

"엄마, 언니! 나 인천국제공항 면세점 면접에서 합격했어. 취직했다. 야호."

"그게 정말이니? 잘했다 지아야. 축하한다."

"좋겠다. 축하한다. 언니도."

"오늘 아빠 퇴근하면 고기에 소주 한잔 시장 봐 왔어요."

달달한 믹스커피를 타서 한 잔씩 마시면서 이런저런 이야기에 시간 가는 줄 모르게 흘렀다. 쌈 재료를 다 씻어서 쟁반과 접시, 마늘도 잘라서 먹기 좋게 담아놓고 준비해 두었다.

퇴근 시간에 맞추어 아빠가 들어오셨다.

"여보, 오늘은 좋은 날이어요. 지아가 취직했대요. 손 씻고 오세요."

"그래? 잘했다."

판에 고기 굽는 냄새가 식욕을 자극하였다. 온 집 안에 사람 사는 냄새 물씬 풍겼다. 기분이 최고로 내가 당연히 해야 할 일이었다.

"당신이 애들을 잘 키웠어요. 하나는 취직했고 하나도 전문직이라 걱정하지 않아도 저희들이 잘할 거고."

"자, 고기 먹어요. 당신이 버팀목이 되어서 세상풍파 겪지 않고 다행히 이렇게 사는 것도 다 당신 덕이어요."

서로 기분 좋게 취해서 행복한 밤 더도 말고 덜도 말고 오늘같이만 살 수 있도록 해달라고 기도했다.

벌써 봄이 성큼 다가와 공원에는 여러 가지 꽃들이 피기 시작했다. 이제는 감상할 수 있는 여유가 생겼다. 비둘기 떼들이 구구구 몰려와 먹이를 쪼아 먹는다. 지금은 개체수가 너무 많아 시민들에게는 환영받지 못한다.

면세점에 잘 적응하기 위해 노력하면서 잘 다니고 있었다. 무슨 일이든 거의가 장단점이 있는 것 같다. 정직원이 되면 월급이 많은데 주말에는 쉬는 날이 드물고 평일에 쉬는 날이 많다. 손님은 일본 사람이 많고 중국인 미국인 순서이다.

구름 한 점 없는 하늘은 봄향기로 가득히 피어올랐다. 쉬는 날인데 평일이라 공원에서 산책하는 사람은 어느 정도 있었다. 벤치에 앉아 봄 햇볕을 쪼이면서 봄의 향연을 감상하면서 즐기고 있었다.

꽃을 찾아드는 벌과 나비들의 춤에 맞추어 봄바람의 하모니, 아름다운 봄날에 박수를 보낸다. 연못 그 옆에서 은은한 음악이 흐르고 하늘을 향해 물줄기를 내뿜는 분수 뜨거운 봄의 열기를 식혀주는 듯 알맞은 온도가 유지되어서 아름다운

살기 좋은 나라

전경을 바라본다. 산기슭에 절이 자리 잡고 불경소리가 흘러나온다.

나의 종교는 카톨릭인데 호기심이 생겨서 올라가 본다. 누구나 종교의 자유가 있기 때문 나는 불교도 존중하는 편이다. 한쪽에 있는 자판기에서 달달한 커피 한 잔을 뽑아 향기를 맡으며 한 폭의 그림 같은 공원 전체를 내려다보고 있다. 아직은 봄꽃들이 만발하고 녹색 이파리는 주위에서 돌아나고 있어서 꽃그늘 사이로 봄바람이 살랑살랑 불어와 보기가 좋았다. 꽃구경하고 돌아와 에너지 재충전으로 힐링되어 직장 생활을 잘할 수 있는 힘의 원천으로 환원된다.

지금은 알바로 다니지만 첫 월급을 타서 기분이 매우 좋았다. 아침에 출근하면 제일 먼저 환율 시세부터 체크를 한다.

운동장처럼 넓은 매장에 약 세 평씩 브랜드를 진열해 놓았다. 직원들은 대기업에서 서너 명씩 파견 나와 삼교대로 근무한다.

모처럼 주말에 쉬는 날이 찾아왔다. 화창한 봄날 언니와 미연이를 만나 엄마 아빠 선물을 사고 맛있는 음식을 먹기로 했다. 백화점을 돌아다니다가 부모님 선물 커플로 입을 수 있는 잠옷을 처음으로 샀다. 그리고 우리는 레스토랑에 스테이크, 파스타를 시키고 앉아서 음식 나오기를 기다리는데 먼저 와인이 나오고 차례대로 정식이 나와 미각으로 즐기고 있었다.

한두 시간 이야기를 나누며 마지막까지 다 먹고서 말했다.

"잘 먹었다. 지아야, 이런 기회가 자주 있었으면 앞으로 우리 삶의 질이 높아질 수 있겠지? 여행도 자유롭게 할 수 있는 선진 복지 사회 말이야."

"야, 긍정적으로 생각하자. 그런 날이 올 거다."

"언니도 잘 먹었다. 이제는 너희들에게 한 번씩 살 수 있게 능력 있는 여성이 되는 게 나의 목표야."

우리는 만족감을 느낄 수 있는 하루를 보낸 것 같아서 좋았다. 집에 돌아와 엄마 아빠께 첫 선물을 드렸더니 매우 좋아하셨다. 계절은 짙은 녹색으로 세상이 변해 간다. 아침의 이슬에 영롱한 색상이 햇볕에 반사되어 반짝반짝 빛으로 승화해 우리 곁에 다가온다. 봄꽃들이 피었다 지고 이제는 아름다운 넝쿨 장미가 피어 얼굴을 내밀고 환하게 웃고 있었다.

성당 앞마당에 쉼터에도 녹색 물결이 바람에 일렁거린다. 마음의 여유가 생겨서 감상을 하다 기도를 드린다.

"성모 마리아, 우리를 위해 응답받을 수 있도록 하느님 예수님께 기도해 주세요. 성모님의 삶이 믿음, 소망, 사랑이기에 저의 기도보다 성모님의 기도를 더 들어주실 것이라는 생각이 듭니다."

오고 가는 사람들이 성모상 앞에서 성호를 긋고 묵상하다 돌아간다. 어떤 자매님이 아메리카노 커피 한 잔을 가져와 같이 나누어 마시며 이야기를 나눈다.

커피 향기와 꽃향기가 성당에 가득히 퍼져 나와 마음이 따뜻해지는 사랑을 실천하면서 살고 싶다.

5. 사회 초년생

대지에 강렬한 햇볕이 내리비추며 짙은 초록이 숲으로 울창하게 우거진다. 시원한 바람이 감미로운 촉각으로 피부에 닿아 부드러운 느낌이다. 상처가 많은 보훈의 달. 아직은 덥지 않은 초여름 한가한 날에 오수의 잠이 쏟아진다.

살다 보니까 작고 큰 걱정에 나 자신이 끌려다니며 생각이 꼬리에 꼬리를 물고 계속 이어지는 것이 불면의 중요한 요인이었던 것 같다. 잠자리에 들기 전에 하루 동안 지낸 과정을 돌아보면서 나의 의식이 어느 방향으로 어떻게 흘렀는지를 살펴본다.

어제 오늘 만났던 사람들과 있었던 일들을 더듬어 보면서 내 마음이 열려 있었는지 아니면 폐쇄되어 있었는지 선을 향한 흐름이었는지를 혹은 좋지 않는 마음의 흐름이었는지를 선을 향한 흐름이었는지를 혹은 좋지 않는 마음의 흐름이었는지를 살펴보았다.

주로 하루를 마무리 짓는 시간에 갖게 되는 이 의식 성찰에서 나는 나 자신을 있는 그대로 받아들이며 생활의 많은 부분을 질서 있게 정리할 수 있었다. 그만큼 마음도 가벼워졌다.

때론 쉽지 않았던 일이었지만 편안한 마음으로 결심하곤 했다. 나를 향한 주님의 용서와 사랑에 맡기는 마음이 더 깊어졌다. 불면증은 잠자리에 든 나에게 미래나 과거를 헤매게 만든 것이다. 잠시 단잠을 잔다는 것은 현재에 머무는 것이다. 사소한 일상에서부터 특별히 받은 소명에 이르기까지 주어진 삶을 지금 여기에서 충실히 살아가는 것이다. 이렇게 현재에 머물며 주어진 삶을 충실히 살아낼 때 과거는 현재를 살아가는 나에게 의미 있는 시간으로 다가온다. 미래는 희망으로 다가온다.

이렇듯 과거와 미래를 포용하면서 주어진 삶을 충실히 살아내는 것이야 말로 참으로 사는 것이 아닌가. 그 삶의 내용은 이 사회의 등불이 되어 주위를 밝혀 준다.

우리는 통일의 시대 사람이라고 하는데 전쟁이 무엇인지 배고픔이 무엇인지를 모른다. 가장 빠른 시간 안에 산업화 민주화를 이루어 냈고 높은 학구열로 시민화가 되어 우수한 고급인력이 많지만 좋은 직업을 찾기란 너무나 어려운 현재 우리가 처해 있는 상황이다.

통일을 위해서는 자기에게 맞는 일을 찾아서 스스로 맡은 일을 충실히 해야 한다고 생각한다. 통일은 이 시대를 살아가는 사람들의 사명감으로 꼭 풀어야 하는 우리의 과제이다. 광복이 되고 얼마 되지 않아서 1950. 6. 25. 내전으로 우리나라는 폐허가 되어 버린 땅에서 눈부신 발전을 거듭했지만 그대 따른 부작용이 많아 치유해 가는 과정에 있다.

온 세상은 짙은 초록으로 변해 정신적으로 마음을 온화하게 안전감을 주는 빛깔로 눈을 아름답게 만들었다. 아침에는 이파리에 이슬이 맺혀 영롱한 색상이 반짝반짝 빛이 났다. 오색찬란한 색깔로 마음속에 수를 놓았다. 녹색은 꿈이 많고 활동적인 젊음을 상징한다.

회사 창립기념일이라고 사원 전체가 모이는 기회가 왔다. 햇살이 강하게 내려오는 더워지는 날씨인데 습도가 건조해서 시원한 바람 불어와 상쾌한 기분이 들었다.

오전에는 청소를 하고 점심때에 바다가 보이는 넓은 횟집에 회사 출근 버스를 타고 오이도라는 곳으로 소풍을 왔다. 회와 조개구이가 나오고 소주와 맥주를 서로 따라주고 회사 발전을 위해서 건배를 했다. 그리고 노래방 기계에서 흘러나오는 반주에 맞추어 춤추면서 노래하는 오락 프로는 빠질 수 없었다.

나는 게임에 이겨서 선물로 커피잔 세트를 받았다.

나중에는 조개 칼국수가 나와 쫄깃쫄깃한 면발, 시원한 국물을 먹으면서 재미있는 오후 한때를 즐기고 돌아왔다.

결혼하고 즐기다가 임신한 선배가 배가 불러오기 전 그만둔다고 한다. 정직원이 될 수 있는 기회가 찾아왔다.

"선배님, 그 자리 저 주시는 거죠?"

"지아 씨, 나는 그런 결정권 없어요. 그런데 본사 인사과에서 3개월 수습기간이고 정직원이 될 거라고 생각해요."

"아무튼 선배님 감사합니다."

"나는 이달까지만 나와요. 배워서 잘해 보도록 하세요."

"예."

온도가 높은 날들이 이어진다. 땡볕이 하늘에서 쏟아진다. 언뜻언뜻 뭉게구름이 두둥실 떠다닌다.

장마전선이 한반도에 몰려온다고 한다. 아직은 습도가 낮다. 점심을 먹고 난 뒤 매니저와 둘이 있을 때 말을 했다.

"팀장님, 한 명이 육아로 퇴사하는데 그 자리를 김지아 씨가 채우면 어떻겠습니까? 지금 알바인데."

"옆에서 보기에 잘해요? 3개월 수습 기간이 지났지요?"

"예. 처음에는 서툴렀지만 잘 적응해 갑니다. 모르는 게 있으면 옆에서 도와주고 하니까 어느 정도는 숙달이 되었습니다. 사람 구하기도 힘드니까 지금 기회가 왔으니까 정직원으로 쓰면 어떤 면에서는 좋을 거예요."

"그래요. 매니저가 칭찬을 하니까 그럼 그렇게 하도록 해요. 김지아 씨, 7월 1

일부터 정직원으로 올라가요."

"팀장님, 감사합니다. 손님 접대 잘하겠습니다."

기분이 한편으로는 좋은데 책임이 무거웠다. 그러나 할 수 있는 범위에서 최선의 노력하면서 인정받고 싶었다. 지금은 부족한데 경력을 차곡차곡 쌓아 가자고 생각했다.

마른장마라고 하는데 비가 아직은 내리지 않았다. 날씨가 후덥지근해지더니 7월 초가 되니 주룩주룩 굵은 빗줄기가 하루 종일 쏟아지고 이삼일 있다가 또 내린다. 긴 장마는 5주 만에 끝나고 더위가 몰려온다.

이맘때면 휴가가 있는 날이다. 원래 쉬는 날이 많기 때문 면세점에서는 쉬는 다음 날 하루만 준다.

사회에 나와 첫 번째로 맞이한 휴가인데 다른 친구들과는 일정이 맞지 않아 미연이와 언니 셋이서 바닷바람을 쏘이고 오자고 계획을 세웠다. 먼저 하룻밤 잘 펜션을 강화대교를 건너 바닷가에 예약을 했다. 갯벌 체험을 하고 오자고 약속했었다.

본격적으로 가장 더울 때 강화도로 가는 버스를 타고 주위에 호텔이 지어져 있는 곳 펜션에 도착했다. 먼저 시장 보아서 가져온 재료로 맛있는 점심을 만들었다. 우리가 즐겨 먹던 스파게티를 삶아서 씻어놓고 로제 소스에 토마토를 넣어 올리브유로 볶아서 고소하고 먹음직스러웠다. 로제소스 스파게티를 한데 버물려 들기름을 넣고 마무리했다.

"동양에서는 들기름이 서양의 올리브와 같아. 요리에 자주 쓰이는 건강한 식품이라는 것 알지?"

"야, 고소하다. 먹자."

"맛있다. 그래, 지아야, 미연아, 많이 먹어."

"한더위가 지나고 바닷물이 빠지면 갯벌에 가서 조개 잡자."

"그래, 재밌다. 배가 고프니 먹고 생각하자."

"에어컨 때문에 여기는 시원한데 밖은 덥다. 바닷바람이 시원할 때쯤 나가서 넓은 바다를 바라보자."

밥을 먹고 달달한 믹스커피 한 잔씩 마시면서 수다를 떨고 누워있는 자유시간이 너무 좋았다.

푹푹 찌는 찜통더위도 바다에서 불어오는 바람에는 기승을 부리지 못하고 시원해졌다.

반바지로 갈아입고 갯벌에 나와 구멍에 소금을 뿌리고 조금 있으면 숨구멍처럼 바닷물이 있는 줄 알고 칼조개가 얼굴을 내밀자 손으로 잡아 큰 그릇에 가득 담았다.

배가 저물어 갈 무렵 태양 주위에 노을이 붉게 탄다. 한 폭의 그림 같은 정경을 바라보며 감탄한다. 장엄한 우주에 신비스런 자연 한 자락의 바람이 시원함을 노래한다.

온몸에는 갯벌의 흙이 묻어서 어둑어둑해지자 숙소로 돌아온다.

"야, 멋있는 장관을 보았다. 이런 경이로움은 처음이야."

"차례대로 샤워를 하자. 경아, 미연이 다음 나."

"재미있다. 우리가 오기를 잘했지. 이런 시간을 어떻게 체험할 수 있어? 배가 고파. 시장기가 든다. 빨리 하고 저녁 만들어 먹자."

이날은 밤이 늦도록 이런 얘기 저런 이야기를 하다가 사르르 잠이 들어 곤하게 늦잠을 잤다.

이렇게 피서를 갔다 온 뒤 일상으로 돌아와 근무에 충실했다.

8월 초순까지는 많이 더웠으나 입추, 말복이 지나자 더위가 기승을 부리다 한 풀 꺾이는 것 같았다. 이제 여름의 더위는 견딜 만하고 즐길 수 있는 여유가 생겼다. 하늘은 여름해시계 위에 많은 바람을 놓고 열매가 익어 가기 위한 남국의 강렬한 햇볕을 마음껏 내려주었다. 아침저녁에는 열기가 가신 시원한 바람이 불어오기 시작했다.

공원 한쪽에 코스모스가 한 송이 두 송이 피어난다. 하늘하늘 춤을 추는 모습이 가냘프다. 가을이 온다는 계절이 바뀐다는 첫 신호이다. 고추잠자리도 연출한다. 아름다운 한 장면을 감상하는 마음은 넉넉하다.

어디에서인가 과일 익어 가는 향긋한 냄새가 날아온다. 여름내 햇볕을 많이 받고 단맛의 열매 속으로 스며들어가 잘 익은 실과가 시장에 나와 선을 보인다.

매미가 나뭇가지에서 짝을 찾기 위해 매앰매앰 울어댄다. 오랫동안 잠을 자고 나와서 여름이 가기 전에 이 순간을 기다렸는지 마지막을 장식하고는 소리가 나지 않는다.

구월이 오는 소리를 가만히 들어본다. 열매가 더 많은 햇볕을 흡수하여 알맹이가 되어 가는 과정 풍요로운 결실의 계절이 우리 곁에 왔다. 그 아래 자유롭게 날아다니는 새들의 노랫소리 하모니가 창공에 퍼진다.

아침저녁에는 시원한 바람이 불고 낮에는 온도가 올라가 더운 느낌의 여름과 가을이 공존한다. 길 건너 야산에 가을꽃이 피어 있었다.

약수터에 물을 길러 간 사람들이 간혹 있는데 운동 삼아 산에 계단을 만들어 오르기 쉬운 곳에 와 있다. 넓은 공간에 운동 기구가 놓여 있어 사람들이 운동하는 한가로운 장면이 눈앞에 펼쳐졌다.

누가 봐주지 않는 가을꽃 향기가 은은하게 퍼져 기분을 상쾌하고 만들었다. 내려오는 길에 약수물 한 모금 마시고 벤치에 앉아 맑은 공기를 한없이 마시고 또 마셨다. 훈풍이 불어오는데 다람쥐가 먹이를 찾아 이리저리 돌아다니는 모습이 보여 참으로 신기해서 한참 바라보았다. 산에서 사는 산새들이 자기들만의 언어로 소통하는 소리는 듣기 좋은 환상의 세계에 와 있는 것으로 착각할 정도였다.

이러한 여유는 직업을 갖고 처음으로 느껴 보는 즐거움이었다. 채색이 된 녹색의 짙은 색상은 눈길이 자주 가서 바라본다.

9월 마지막 주 토요일 친구들은 바빠서 시간을 맞출 수가 없어 언니와 미연이 셋이서 가까운 곳 경기도에 있는 과수원 사과 밭에 가기로 했었다.

실바람이 솔솔 부는 아침 준비를 하고서 전철을 탔다. 종점에 내려 걸어서 맑은 공기 마시면서 과수원에 도착했다.

영롱한 아침이슬이 맺혀 이파리에서 햇빛이 반짝반짝 반사되어 나오는 아름다움. 처음으로 느껴 보는 신선함이었다. 나뭇가지에 종이를 씌운 사과가 주렁주렁 맺혀 있었다. 사과밭에 우리만 온 것이 아니라 여러 곳에서 사람들이 체험 활동하기 위해 왔었다.

"우리 과수원을 찾아 주셔서 감사합니다. 빨갛게 익은 사과를 필요한 만큼 바구니에 따서 담아 주세요. 산지 과격으로 사서 집으로 가져가실 수 있습니다."

과수원 주인아저씨가 따서 먹을 수 있다는 말도 하셨다. 활동하기에 편한 옷으로 갈아입고 먹음직스런 사과를 따서 한입 물었다. 입안에 퍼지는 달콤하고 싱싱한 맛이 일품으로 최고의 맛이었다.

"야, 따서 먹어 봐. 맛있다. 달아."

"나도 먹어 볼까."

"나도 이런 경험은 처음이야. 재미있다."

그 맛에 반하여 모두 한마디씩 말하면서 서로 보고 웃었다.

주인은 일손을 덜어주고 팔 수 있어서 좋아했다. 맑은 햇살 맑은 하늘 맑은 공기를 마음껏 즐기는 자유와 젊음은 누구에게도 부러울 것이 없는 특권이었다.

점심시간이 지난 뒤 주인아주머니가 멸치 육수에 잔치국수 알맞게 익은 김치를 내와 빙 둘러앉아 한 그릇씩 젓가락으로 먹는 그 맛도 환상적으로 좋았다. 사과는 많이 땄지만 먹을 만큼만 싸게 사갖고 올 수 있어서 기분이 너무 좋았다. 날개 달고 나는 느낌처럼 최고였다.

인사를 하고 돌아오는 발걸음이 가벼웠다. 지금 전철을 타고 자리에 앉아서 이야기를 하고 있다.

"오늘은 일상에서 받은 스트레스를 풀고 기분 전환을 해서 에너지 재충전이 될 수 있으니 보람 있었다."

"도시에서 자라 시골풍경을 보고 체험할 수 있는 이 시간이 중요하다."

"우리는 젊으니까 하고 싶은 것은 다해 보고 자유롭게 사는 것이 우리가 바라는 삶이라고 생각해."

창밖에 보이는 전경을 감상하면서 집으로 향하는 마음은 넉넉하고 풍요로웠다. 짙은 녹색으로 채색이 된 이파리는 단풍이 들기 전 잠시 멈춘다. 나는 우리 젊음을 상징하는 녹색이 너무나 좋아서 신록예찬가이다. 봄에 떡잎이 나서 엷은 색깔이 자라는 과정이 정서적으로 안정을 주고 일상에서 받은 상처와 스트레스를 해소시키는 힘이 된다. 녹색을 바라보는 마음은 눈을 아름답게 하고 치유가 되는 생활의 활력소라고 생각한다.

햇볕을 많이 받은 이파리들은 한 잎 두 잎 단풍이 들기 시작한다. 북쪽에서 남쪽으로 산에 물이 들어 차례로 내려온다. 단풍이 절정을 이룰 때 도심 속에도 녹색이 변하여 노랑 빨강 형형색색으로 아름답게 변해 있었다.

나는 언니와 방을 어려서부터 같이 쓴다. 우리는 의견이 맞지 않을 때면 다툴 때도 있지만 사이가 좋은 자매이다. 없으면 안 될 소중한 친구이기도 하다.

하루 일과가 끝나고 두꺼운 요를 같이 깔고 이불은 각각 하나씩 덮고서 잠이 들기 전까지 하루에 있었던 이야기를 한다.

"일하는데 불편한 점은 없니?"

"그런대로 적응해서 지금은 괜찮아. 무슨 직업이든 장단점은 있지 않겠어? 아직까지는 내가 안정된 직업을 갖고 다음에는 좋아하는 것이 무엇인지 찾아볼 거야."

"동생인 너는 정직원이 되었는데 나도 내가 좋아하는 것이 무엇인지 찾아볼 거다. 알바로는 자존심이 허락하지 않아."

"이번 주에 성당에서 친구들 만나기로 했는데."

"나는 너를 친구 같은 동생으로 생각하고 같이 노는데. 미연이는 괜찮은데 다른 친구들은 거리감이 있어. 대학 때 친구들은 지방이라 멀리 있어서 전화로만 안부를 묻지."

"언니. 잠 온다. 잘 자."

가을밤은 깊어만 가고 도심 속에 보이지 않던 별들이 밤하늘에 초롱초롱 빛이 난다. 우리는 아무도 모르게 새근새근 깊은 잠속에서 꿈을 꾼다.

새날이 밝아 기분 좋은 아침이 되었다. 이제는 베란다 창문을 열지 않고 닫아야 온도가 유지된다. 남향이라 햇살이 거실 안에 들어와 온화한 빛이 정신적인 안도감을 주고 따뜻함이 그리운 계절이다.

가족들과 아침 겸 점심을 먹은 뒤 화장을 한다.

아파트 앞마당을 가로질러 성당 쉼터에 나왔는데 친구들이 시간 맞추어 나와서 앉아 있었다.

"김보라는 오늘도 출근했나 봐. 약국에 다니는데 아직 안 왔어."

"앉아. 지아야, 주변이 단풍이 들어 보기 좋다."

"아직 커피 안 시켰니? 내가 살게. 따끈한 아메리카노로 통일하자. 김선경, 남희야."

"그래. 선불이야."

"선경이와 나는 아직 학생이다. 재수하고 보건행정과이고 육아교육과 내년까지 다녀야 졸업해."

"바쁜 가운데 오랜만에 얼굴 보자고 만나자 했어."

"너 안정된 직업 잡았는데 사귀는 남자 없어?"

"이제 사회 초년생인데 적응하는데 바빠."

"야, 좋은 남자 사귈 수 있는 기회가 있을 거야. 너는."

김이 모락모락 피어나는 머그잔에 커피가 나와 한 모금씩 마시며 그동안 있었던 여러 가지 이야기를 나누었다. 몇 시간이 지난 뒤 자기가 해야 할 일 때문에 일어나 각자 흩어져 돌아갔다.

"얘들아, 다음에 보자."

"그래. 너는 집이 가까우니까 성당에 자주 나와. 미사 보자."

"응, 그래. 잘 가."

나는 애들이 보이지 않을 때까지 가는 모습을 바라보다가 집에 들어갔다.

거실에서 바라보는 서울시가지가 한눈에 들어와 한참 감상하다가 노트북을 펼치고 인터넷을 하기도 했다. 일조량을 많이 받고 곱게 단풍이 낙엽으로 변해 하나둘 이파리가 갈색 되어 떨어진다.

성당의 은행잎이 노랗게 우수수 땅에 쌓여 있었다. 유난히 고운 은행잎을 골라서 성경책 속에 꽂아 향기 맡아 본다. 학교 다닐 때는 공부하기에 바빴는데 이런 자유, 마음속의 여유가 생겨 멋을 부려 본다.

바람이 불면 낙엽이 우수수 떨어져 이리저리 뒹굴면서 날아다니면서 오고 가는 사람들이 밟고 지나다닌다. 쫙 찢어진 청바지에 새로 장만한 바바리를 입고 나들이를 한다. 긴 가방을 옆에 메고 주머니에 손을 넣고 생각에 잠겨 거닌다.

예술인들은 직접 볼 수 있는 혜화동 대학로에 나와 있다. 사람들이 거리에 모여서 관람하고 있었다. 통기타를 치고 발라드 노래를 부르고 있는 가수의 모습을 보는 기분 좋은 시간을 즐겼다. 거리에서 파는 따끈한 믹스커피 한 잔의 달달한 맛도 느껴 본다. 젊음과 낭만 있는 거리를 활보한다.

몇 시간 구경을 하다가 지금은 종로 거리를 거닌다. 교보문고에 들러 새로 나온 책을 둘러본다. 언제나 사람들이 붐비는 곳에서 제목을 훑어보다가 다시 나온다. 문구점에 들어가 예쁜 엽서를 골라서 사가지고 나왔다. 이번에는 광화문 우체국으로 들어가 자리에 한참 앉아 있었다. 학교 때 같이 자라며 새겼던 추억속의 친구들이 생각이 나 예쁜 엽서에 편지를 쓴다. 탁자 앞에 서서 그리움을 그럴써 안부를 전한다. 약간은 외로운가 보다 낙엽 떨어지는 계절이라 허전한 쓸쓸함이 생활에 묻어 나온다.

엽서를 부치고 우체국에서 나오는데 세찬 바람이 불어 댄다. 아직 춥지 않은 알맞은 온도이지만 따뜻한 거실에서 가족이 모여 커피를 마시는 장면이 떠올라 집으로 향한다.

전철을 타고 신풍역에서 내려 걸어간다. 가로수 길을 사뿐사뿐 걷다가 성당 정문 앞에서 그냥 지나치지 못하고 안으로 들어간다. 성호를 긋고 성모상 앞 벤치에 앉아 잠시 묵상한다.

성당 앞마당에 낙엽이 쌓여 있었다. 기도를 하고 일어서서 낙엽을 밟고 돌아다닌다. 바스락 바스락 낙엽 밟는 소리를 듣는다. 시목 낙엽 밟는 소리가 들리는가 가만히 시어를 읊어본다.

나는 짧아진 늦가을의 해가 지기 전 집으로 들어갔다.

6. 두 번째 만남

갈색 낙엽들이 다 떨어지고 앙상한 나뭇가지는 바람에 이리저리 흔들리며 윙윙 소리를 내고는 멀리 날아간다. 그 뒤에는 공허한 적막감이 흐른다.

때로는 노트에 쓴 글을 지우고 다시 쓰고 싶을 때가 있듯이 또 때로는 컴퓨터에서 삭제를 누르고 다시 타이프하고 싶을 때가 있듯이 우리의 삶에도 지우고 다시 시작하고 싶은 부족한 순간들이 있게 마련이다. 지난 시간의 힘든 기억을 뒤로 하고 새로 시작할 수 있는 기회가 주어진다면 그건 은혜이고 감사해야 할 일이다.

카톨릭에서 11월이 간다는 것은 벌써 한 해가 다해 간다. 그런 점에서 한 해 달력에 끝이 있고 다시 새로운 달력 새로운 한 해가 시작된다는 것은 분명 은총이고 선물이다. 하느님께서 우리에게 새로 시작할 기회를 주신 선물이기 때문이다. 아직은 동반자 배우자를 만나기 위해 준비해야 할 단계인 것 같다. 진정한 새 출발의 바탕은 우리의 잘못을 뉘우치고 하느님 아버지와의 관계를 바로 세우는 일에서 시작해야 함을 가르쳐 준다.

하느님은 언제 올지 모르는 집 주인처럼 불현 듯 찾아오시는 분이시기에 늘 깨어 있으며 맞이해야 할 분이시지만 심판하고 벌주기 위해 불현듯 오시는 분이 아니라 우리를 주 예수 그리스도와 친교를 맺도록 불러 주시는 분이다.

우리가 아무리 날고뛴다 해도 결국 우리는 진흙으로 빚어진 하느님의 손의 작품일 뿐이지 하느님과의 관계를 새로 하지 않고는 진정한 새출발, 진정한 행복은 있을 수 없다고 말해 준다. 오늘날 우리 모두가 사회 제도와 시스템 측면에서 많은 것을 부르짖고 있고 또 진전을 이루고 있지만 우리 그리스도인들은 더 깊이 하느님 앞에서 우리 스스로를 돌아보며 '주님, 저희는 죄를 지었습니다.' 하고 마음으로 외칠 수 있어야 하며 하느님의 작품으로서 긍지와 감사와 더불어 온통 하느님께 내어 맡기는 자세를 회복할 때에 참된 새로움과 참된 시작을 할 수 있다고 생각한다.

나는 이른 아침 출근버스를 타고 출근을 한다. 싸늘한 바람이 머리카락을 날리며 바쁜 걸음으로 종종 걸어간다. 줄지어 진열해 놓은 면세점은 깨끗하게 청소가 되었다. 직원 세 명이 돌아가면서 이틀씩 근무하고 하루씩 쉰다. 세 평짜리 면세점이라 하루에 두 명이 오전 오후 돌아가면 교대로 외국 손님, 국내 손님들에게 유명한 브랜드이기 때문 필요한 지갑, 가방 등이 잘 팔린다. 화장실에 갈 때에는 옆 브랜드 직원들이 봐준다.

손님들에게 열심히 설명하고 지갑 몇 개를 팔아 실적이 좋았다. 점심때쯤 동료 직원이 출근하여 점심을 먹고 온 뒤부터 오늘은 근무시간이 끝나 자유시간이다.

면세점 다니면서 주위의 브랜드에 근무하는 나와 나이가 동갑인 김지애를 알게 되어 친구가 됐다. 점심을 같이 먹기로 하여 구내식당에 갔었다. 동료 직원들에게 나온 식권으로 지애와 같이 맛있는 돈가스를 먹고 시원한 아이스 아메리카노를 마시며 로비에 앉아서 이런저런 이야기를 하고 있었다.

"우리 관심사가 남자친구 사귀는 것이 아니니? 나는 남자친구가 있어. 너는 남자친구 있니?"

"없어. 왜 물어보니?"

"우연히 알게 된 남자가 있는데 나는 있다고 하니까 아는 사람 있으면 소개해 달라고 해서."

"누구인데 그래?"

"궁금하면 내일 이 장소로 시간에 맞추어서 나와 만나 보고 사귀든지 헤어지든지 너 알아서 해. 부담 갖지 말고."

평일이지만 쉬는 날이고 그 사람은 지금은 알바라 오전에 일을 하면 오후에는 시간이 난다고 만나 보고 말하자고 했다. 그리고 난 뒤 퇴근 버스를 타고 내일은 쉬는 날이라 마음의 여유가 생기는데 미팅 약속에 은근히 기대를 했었다.

가을이 가려는지 거리에는 세찬 바람이 불어온다. 나뭇가지에 매달려 있는 잎새들은 떨어지지 않으려고 몸부림친다. 땅에 떨어져 뒹구는 가랑잎들은 깨끗하게 청소가 되어 있었다. 오고 가는 사람들은 여러 가지 표정으로 좀 더 나은 세상이 왔으면 하는 간절한 마음이었지만 경제는 좀처럼 좋아지지 않았다. 나는 지금 알바라는 게 마음에 들지 않았다.

정직원 되는 것이 얼마나 어렵다는 점을 잘 알고 있기에 썩 내키지 않았다. 그러나 만나나 보자 하고 생각했었다. 간밤에 늦게 잠든 탓으로 아침에는 늦잠을 잤다. 간신히 일어나서 달달한 믹스커피 한 잔을 타서 마셨다. 잠이 완전히 깨자 시장기가 들어 식빵을 구워 계란을 프라이 해서 약간 딸기잼을 바르고 그 위에 프라이를 얹어 다시 커피를 만들어서 같이 먹었다.

오후에는 약속이 있어서 머리를 감고 드라이로 말린다. 빨리 단장을 한다고 했는데 신경을 쓰다 보니 시간이 지났다.

"여보세요?"

"지아야, 지금 어디야? 시간이 됐는데."

"지금 전철 안이야. 잡음 때문 잘 들리지 않아."

"그래. 부평역에서 내려 잘 찾아와."

"알았어."

아직은 퇴근시간 전이라서 밀리지 않아 약간 시간이 지났다는 것을 확인하고 걸어서 도착했다.

자리에서 일어나 서로 인사를 나누고 앉아서 말을 했다.

"안녕하세요? 처음 뵙겠습니다. 신성주라고 합니다."

"나는 지애 친구 김지아라고 합니다."

"그럼 이야기 나누어. 나는 여기까지다. 간다."

"야, 그냥 가면 어떡하냐? 어색한 분위기인데."

"지나면 나아질 거야. 잘해 봐."

김지애가 가고 그쪽 남자분이 말을 했다.

"셀프네요. 커피 무엇으로 하실래요?"

"그쪽은 무엇으로 하시겠어요?"

"카페라테."

"나는 아메리카노요."

그 남자는 일어나서 기다렸다가 선불로 계산하고 통일하지 않고서 서로 각자 자기가 좋아하는 커피를 가져와서 앞에 놓고 앉았다. 침묵이 흘렀다. 한참 동안 말을 이어서 하지 않고 어렵게 했다.

"아버지 직업이? 무슨 일을 하시나요."

"왜 그건 물어요? 우리 아빠 회사에 다녀요."

"엄마도 직업이 있어요?"

"그럼요. 엄마는 작가세요."

"혹시 이름을 물어보아도 돼요?"

"엄마는 작가 김영하 씨예요. 왜 그렇게 필요 이상으로 처음부터 부모님 직업에 관심이 많죠?"

"내가 너무 부족한 사람이라 그래요. 나는 경영과 나와 제약회사에서 병원과 그 밖의 약국에 약을 배달하는 일을 해요."

"약대도 아닌데 어떻게 다니죠?"

"그래서 정직원이 언제 될지 기약이 없어요."

한참 말을 하고 난 뒤 다른 데로 자리를 옮겨서 저녁때가 되었다. 간단히 햄버거 세트에 콜라를 마시고 오늘은 이만 헤어지자고 해서 자기는 부평역 가까운 데서 자취를 한다면서 전철역 앞까지 같이 걷다가 서로 각자 집으로 향했다.

젊은 청년들은 대학을 나와도 직업을 잡기가 힘들고 가난한지 오늘날 우리나라 사회의 한 단면이었다. 잘산 사람은 너무 잘살고 못사는 사람은 너무 못살아 빈부의 격차가 벌어져서 사회 문제로 대두되고 있는 현 상황이다. 지금은 사무실에서 사무만 보는 자리는 거의 없는데 4년제 대학 나온 사람은 단순 노동을 하지 않으려고 한다. 월급이 많고 좋은 직업을 찾으려고 하기 때문 백수가 많다.

나의 입장에서는 내가 정직원이 되었기 때문 사귀는 남자도 직장이 반듯한 사람이어야 한다는 생각이다. 그래서인지 별로 호감이 가지 않고 마음이 내키지 않았다.

마지막 남은 이파리가 떨어진 나무에 짚으로 엮어서 겨울을 나기 위해 준비를 하는 사람도 있었다.

이제는 따끈한 커피 따뜻한 곳이 그리운 계절의 겨울로 가는 길목에 서서 지난 시간을 생각해 본다. 올해는 참으로 보람 있는 한 해였다.

지금은 이명박 정부에 이어 박근혜 정부가 들어섰는데 계속 경제는 좋아질 기미가 보이지 않는다. 서민들이 살기 힘든 추운 겨울로 접어드는데 물가는 깡충 뛰어올라서 장바구니가 줄어들었다고 다들 아우성이다.

그 사람과 가끔 전화를 하는데 시간이 맞지 않아 크리스마스 때에도 근무를 했기 때문 같이 보내지 않았다.

주말에 만날 수 있어서 카페에 앉아 이런저런 말을 했다.

"잘 지냈어요?"

"예. 요즘 무엇 하세요?"

"알바로 근무하고 퇴근하고 몇 시간 밤까지 계속 일해요."

"두 번 알바하고 피곤하지 않으세요?"

"피곤하지만 당연히 해야죠."

"부모님이 무엇 하시는지 물어봐도 돼요?"

"참 어머니가 작가 김영하 씨라고 했죠? 핸드폰 인터넷에 검색해 보았는데 나와 있더군요. 집은 경기도 양평이에요. 어머니 아버지는 농사지어요. 텃밭도 가꾸어요."

"나의 엄마가 그렇게 궁금했어요? 본인들은 관심이 적고 부모님 직업 보고 만나나요?"

그리고 분위기도 부자연스럽고 저녁 먹을 기분이 나지 않아서 부담이 된 것 같아 헤어지고 집으로 돌아간다. 날씨는 세찬 바람이 불어 점점 추워지는 느낌은 지울 수가 없었다.

해가 바뀌어 가장 추운 일월이 되었다. 나는 만 스물두 살 2014년의 눈 오는 날을 감상하고 있었다. 거실 유리창 너머로 함박눈이 펑펑 내리는 모습을 바라보고 있다.

일상이 여유가 있는 커피 타임을 즐기고 가족이 대화를 한다. 쟁반에 귤을 담고 다른 쟁반에 달달한 믹스커피를 타서 한 잔씩 앞에 하고 즐거운 얼굴에 미소가 번진다.

"엄마, 나는 커피 바리스타 자격증을 따고 싶은데 그것은 시험도 봐야 된다고 수료증이라도 따고 싶은데."

"언니, 그 생각도 좋은데 계획은 세웠어? 기본적인 것을 알려면 강의를 들어야 돼."

"지금 알바하면서 수강비를 모으고 있어."

"나는 너희들이 하고 싶은 것은 다 해 보고 자기에게 맞는 직업을 가졌으면 해.

젊기 때문에 자유가 있어서 좋아."

"아빠도 같은 생각이다. 항상 우리는 너희들 편이다."

김이 나는 찻잔의 커피를 한 모금씩 마신다. 귤도 까서 한쪽씩 먹는다. 밖은 세찬 눈보라가 거세게 불어온다. 따뜻한 가정에서 세상을 바라보니 두려울 것 없이 행복했다. 한가롭게 텔레비전을 시청하다 저녁때가 되어 간다.

엄마는 신 김치에다 돼지고기, 두부를 넣고 김치찌개를 끓인다. 맛있는 냄새가 거실 가득히 퍼져 나간다. 평범한 집에서 자주 먹는 김치찌개로 저녁을 먹은 뒤에도 텔레비전을 보면서 이야기를 계속 나누었다. 내일을 위해서 일찍 잠을 청했다.

밖은 요란한 바람소리가 윙윙 귓가에 맴돌다 멀리 날아갔다.

아침에 일어나 보니 세상은 새하얗게 변해 있었다. 옷차림을 단단히 하고 조심스럽게 한 발 한 발 내딛는다. 뽀드득 뽀드득 눈을 밟으며 출근 버스를 타기 위해 바쁜 걸음으로 걷는다. 신도림역에서 출발하는데 간신히 출근버스를 탔었다. 오늘도 특별한 일 없이 웃는 얼굴로 손님을 맞이하고 상품을 팔았다.

그렇게도 추운데 칼날 같은 추위 뒤에는 어김없이 봄이 온다는 소식을 전하는 우리 절기 중에 하나인 입춘이 왔다. 아직 땅속에서 겨울잠을 자는 생물들의 숨소리를 가만히 들어 보면 들리는 것 같은 착각을 한다. 기지개를 펴고 더 잠을 청한다는 느낌이 들었다.

엄마는 김장김치를 먹다가 아직 봄은 오지 않았지만 비닐하우스에서 재배한 봄에 나오는 식물을 사다가 식탁에 올린다.

사계절이 뚜렷한 우리나라의 기온은 비온 뒤에 계절이 바뀐다. 대동강물이 풀린다는 우수에 봄을 재촉하는 비가 내렸다. 바람이 비교적 춥지 않고 봄기운이 섞여 있었다. 옷차림도 가벼워졌다.

가끔 남자를 만나지만 가까워지지 않았다. 항상 바쁜데 잠시 시간을 내서 만나서 말을 한다.

"날씨가 많이 풀렸어요. 따뜻하지 않지만 견딜 만해요. 겨울이 많이 추웠어요. 바빠서 연락도 자주 못 해서 미안해요."

"미안해할 필요 없어요. 그런 사이 아니니까."

"지아 씨를 많이 생각했어요."

"그래요? 나는 생각할 추억이 없어서 그냥 그랬어요."

"커피가 식었어요."

"괜찮아요."

"우리 만난 지 계절이 한 번 바뀌고 또 바뀌는데 우리 한번 사귀어 볼까요? 젊으니까."

"…… 거기까지 생각해 보지 않았어요."

"지금부터 생각해 보지 않을래요? 부족하지만."

"갑자기 하는 말에 무어라고 답변해 드릴 수가 없네요."

그리고 침묵이 흘렀다. 갑갑한 분위기. 한쪽은 사귀기 원하는데 좀 싫어하는 눈치가 보였던지 일어나자고 해서 커피숍을 나와서 일단 걸었다. 조금 걷다가 바쁜 일이 있다고 둘러대고는 종종 걸음으로 그곳을 빠져나와 한숨을 쉬고 고르게 긴 호흡을 했다.

봄 햇살이 갈수록 따뜻해져 간다. 성당 마당에 마련되어 있는 의자에 앉아 커피를 앞에 놓고 생각에 잠겨 있었다.

작년에 알바부터 시작했는데 벌써 일 년이 되었다. 지금 하는 일이 평생직장이 될 수 있는가에 대한 의심이 생겼다. 우리 직종은 젊은 사람이 대부분인데 나이 들어서도 할 수 있을까? 이 부분에 대해서는 차차 생각해 볼 문제인 것 같았다.

앙상한 나뭇가지에서 떡잎이 나오기 시작한다. 어김없이 초봄의 향기로운 신선함 속에 새로운 날이 우리 곁에 왔다.

따끈한 커피를 한 모금씩 마시면서 성모상을 바라본다. 성모상 뒤에 넓게 펼쳐진 하늘은 맑고 높지만 손을 뻗으면 닿을 것 같이 가까이에 있었다. 자유롭게 날아다니는 참새들을 보면서 하느님의 말씀을 생각한다.

"하늘을 나는 작은 참새들을 보라. 무엇을 먹을까 걱정하지 않아도 살아가지 않느냐. 하물며 만물의 영장인 사람을 하느님께서 돌보아 주시니 미리 걱정하지 말아라."

봄기운이 완연한 가운데 노란 개나리가 피었다. 봄꽃들이 차례로 꽃망울을 터뜨리고 자기의 개성을 뽐낸다. 여기저기 꽃들이 만개하여 향기가 그윽한데 2014년 4월 16일 아침 그날 이틀 근무하고 쉬는 날이었다.

아침에 늦잠을 자고 일어나 거실로 나갔는데 엄마가 텔레비전을 보고는 눈을 돌리지 못하고 안타깝게 바라보고 있었다.

"엄마, 왜 그래요? 무슨 일이에요?"

"세월호가 바닷물 속으로 빠져 가라앉는다. 저걸 어떻게 해."

"사람들이 배 안에 있는데 그래요?"

"제주도로 수학여행 가는 고등학교 2학년생들이란다. 학생들이 많이 탔어. 일부는 나왔는데 어떻게 구조할 수가 없을까."

"점점 가라앉는데 저걸 어떻게 해."

엄마와 나는 발을 동동 구르며 어찌할 줄을 모르고 계속 보고 있었다.

"엄마, 구해 줘. 배가 기울어서 나갈 수가 없어요. 유리 밖에는 바닷물이야. 죽을 것만 같아요. 사랑해."

"구해 주라고 신고했어. 기다려."

마지막 학생들의 전화 통화한 내용이 나오더니 끊어졌다. 얼마 있다가 배는 바다에서 보이지 않고 좀 떨어진 곳에 구조하러 온 배가 어떻게 할 수가 없어 보고만 있는 장면에 엄마는 울고 있었다. 오늘은 정말 슬픈 날이었다.

살기 좋은 나라

엄마는 소통하기 위해서 노트북을 열고 계속 인터넷을 하고 있었다. 나는 슬프지만 엄마가 걱정이 되어서 자꾸 말을 걸어 기분 전환이 빨리 되었으면 하는데 오늘은 이런 기분이 어쩔 수가 없었다. 우리 국민들은 모두 슬픔에 빠져 있었는데 세계 사람들은 이런 TV 장면을 보고 위로해 주었다. 국내외적으로 어수선한 분위기 모두 가슴앓이로 마음이 좋지 않았다. 우리야 불행한 일을 당한 가족은 아니지만 한동안 잊을 수 없는 슬픈 날로 오래도록 기억으로 남아 있었다.

그러나 우리는 평화롭게 일상이 전개되었다. 지애와 나는 쉬는 시간 커피숍에 앉아서 수다를 떨고 있었다.

"남자를 소개해 주었는데 어떻게 발전이 없니?"

"지애야, 나하고는 맞지 않는 사람이야. 여러모로."

"그래? 너 좋을 대로 해. 헤어지고 싶니?"

"아직 사귀지도 않았는데 뭘 정리하고 싶어?"

"그동안 몇 번 만나지 않았니? 물어보는 것이 조심스러워서."

"아무튼 말이 나와서 말인데 때를 봐서 헤어지려고."

"나는 강요하고 싶지 않다. 자기 마음이 중요하지."

커피를 다 마신 뒤 통근 버스 시간이 되어서 가방을 들고 종종 걸음으로 넓은 인천공항 로비를 빠져나와 버스를 탔다. 나는 핸드폰에서 흘러나오는 이어폰을 귀에 꽂고 음악을 듣는다. 신도림역에서 내려 마을버스로 갈아탔다. 이렇게 반복이 된 일상이 지치고 피곤이 몰려올 때가 있었다.

봄의 꽃들이 피었다 지고 오월에 핀 넝쿨장미가 아파트 담장에서 아름다운 미소를 보내며 보고 있었다. 그 사이로 싱그러운 풀냄새가 훈풍 속에 날아들어 기분이 상쾌했다. 풀잎에 이슬이 내려 대롱대롱 매달려 있는데 영롱한 햇빛이 반사되어 반짝반짝 빛이 난다.

이슬을 먹고사는 나비 한 마리가 훨훨 날아서 장미꽃 수술에 입맞춤한다. 평화로운 한 장면을 벤치에 앉아 보고 있었다. 어디에선가 라일락 꽃향기가 날아온다. 짙은 녹색이 우거져 놀이터 주변에는 숲처럼 울창하게 보였다.

자유로운 시간을 즐기고 있었는데 핸드폰이 울렸다.

"여보세요?"

"지아 씨죠? 나 신성주예요."

"이제 헤어져야겠다는 말을 해야 되겠어요. 많이 생각해 보았는데 성주 씨와 나는 성격상 맞지 않아요."

"생각해 보라고 했는데….'

"좀 있다가 바쁠 텐데 시간 내서 마지막으로 얼굴 보고 말해요."

"지아 씨 말대로 할 테니 헤어지자는 말만은 하지 말아요."

"사귀지도 않고 몇 개월 동안 몇 번 만난 것뿐인데 그래요?"

"지아 씨, 제발."

"먼저 끊을게요. 나중에 말해요. 마음속으로 정리를 해요.'

시원한 바람 한 줄기가 스쳐 지나간다. 그래도 정이 들지도 않았으니까 헤어지는 것은 마음속으로 지워 버리면 쉬울 것이라고 생각하면서 서로의 발전을 위해서 그렇게 해야만 했다. 나는 일어서서 발걸음이 성당 쪽으로 향했다.

성모상 벤치에 한참 기도를 하고 잠시 생각하며 묵상을 했다.

카페에서 아이스커피를 사서 좀 열이 난 것 같아 더운 느낌에 스트롱을 빨아 한 모금씩 마셨다.

성당 앞마당과 이어진 병원 옆에 잘 가꾸어 놓은 나무가 자라 쉼터가 마련되어 있었다. 여기에도 녹색이 우거진 그림자가 눈을 아름답게 만들었다.

오고 가는 사람들이 성당 안에서 성호를 긋고 잠시 쉬어 간다. 신부님 수녀님들은 미사 때에 볼 수 있지만 정원이 아름다워 가끔씩 나오셔서 커피를 마주하고 이야기를 나누시는 장면도 우리의 일상에서 볼 수 있어 친근하다.

살기 좋은 나라

하늘을 나는 비둘기가 모이를 찾아 몰려오지만 개체수가 너무 많아 이제는 환영받지 못한 새들이다.

7. 그냥 이별

왠지 모르게 상아의 계절이 오면 옷깃을 여미고 나라를 위해 싸우다 먼저 가신 선열들을 생각한다. 한편으로는 예수님을 생각하게 하는 성심 성월에 잠시 묵상한다.

그리스도인의 삶은 예수님을 만나 그분께서 묵으시는 곳을 찾고 그 곁에 머무는 데서 비롯된다. 예수님께서 아버지 안에 계시고 아버지도 예수님 안에 계신다고 말씀하신다. 예수님과 아버지께서 이루신 생명의 일치와 상호 머무름 이 거룩한 머무름 안에 예수님의 온 삶이 펼쳐졌다. 내 살을 먹고 내 피를 마시는 사람은 내 안에 머무르고 나도 그 사람 안에 머무른다. 예수님께서는 오늘도 삶의 의미를 찾아 헤매는 이들에게 '와서 보아라.' 하고 말씀을 듣는다. 이 말씀은 당신의 존재에 대한 개방이자 아버지와 당신께서 이루시는 일치 안에 함께 머물자는 초대이다. 당신 안에 담겨진 진리의 보화 구원의 열매까지도 나누시려는 사랑의 초대인 것이라고 생각한다.

무엇을 찾느냐. 세상이 주는 기쁨과 슬픔, 행복과 불행 속에 이리저리 흔들리는 우리는 오늘 과연 무엇을 바라고 기다리는가. 어떤 만남을 위해 생을 투자하고 있는가. 누구를 만나기 위해 무엇을 이루고 어디에 오르기 위해 있는가. 그 가운데 진정으로 내 삶의 의미를 일깨워 주고 존재의 가치를 실현해 줄 것은 무엇인가.

예수님을 따르는 것은 필연적으로 그분 십자가의 신비 우리 모두가 받아들이라고 요청받고 있는 우리 자신의 삶과 죽음의 신비에로 이어진다. 무수한 만남과 성취를 거치며 산다 해도 정작 예수님과의 만남이 없으면 우리 인생은 참으로 허망할 수밖에 없다. 주님이 바로 우리가 그토록 염원하던 참된 희망과 기쁨이며 그칠 줄 모르는 평화와 영원한 삶이기 때문이다. 우리 삶이 가야 할 길을 밝혀 주시는 주님의 이 신비로운 부르심 앞에 오늘 우리는 어떤 모습으로 서 있는가.

진리의 초대 앞에 모든 것을 버리고 새로운 삶을 택한 제자들처럼 이제 우리도 적극적으로 예수님께서 머무시는 곳을 찾고 그곳에 자리를 마련함으로써 주님과 온전히 하나 되는 그 소중한 만남을 준비하기 위해 깨끗한 주변 환경을 정리해야 한다고 생각하며 두 손 모으고 기도했다.

아직 나이가 어려 사람들을 만나고 경험해 보는 것이 인생을 살아가는 밑거름이 되기 때문 만남과 헤어짐은 젊은 사람들의 특권이라고 생각한다.

벌써 일 년의 절반만큼 왔는데 무엇인가 결단을 내려야 할 때인 것 같다. 곰곰이 생각해 보았는데 더 이상 만나지 말자고 얼굴 보고 분명하게 말해야 된다고 결심이 섰다.

"여보세요? 예. 지아 씨."

"마지막으로 만나 작별 인사를 해야 할 것 같아요. 생각을 거듭했지만 그냥 이별하자는 말이 맞아요. 더 이상 발전을 할 수 없다는 판단을 했어요. 만나요 거기에서 봐요."

"너무나 뜻밖이에요. 몇 번 만나지도 않았는데."

내가 먼저 전화를 하고 알바 끝나는 시간에 맞추어 나갔는데 앉아서 조금 기다리니까 급히 와서 자리에 앉았다.

"이제는 완전히 헤어져요. 만나지 맙시다."

"지아 씨, 나의 입장을 조금만 생각해 줘요. 미련이 남아 아쉬워요. 이렇게까지 말하는데 들어줘요."

"서로 앞날의 발전에 도움이 되지 않아요. 나를 잊고 더 발전해서 성주 씨에게 맞는 여자 찾아보세요."

"실상 만나는 시간 같이 보내는 추억이 없어 앞으로 사귀는 여자친구로 진행이 안 된 것은 전적으로 나의 책임이에요."

"지금 그런 것 따지자는 것이 아니에요. 희망이 보이지 않아요. 여기에서 일단 끝내요. 남자답게 매달리지 말아요."

"할 수 없네요. 내 힘으로 안 되는 것 같아요."

"자, 마지막으로 악수해요."

시원한 바람 한 줄기가 얼굴을 스치고 피부에 닿는 느낌이 상쾌한 기분이 들고 개운했다. 이제는 얼굴 보지 않아도 되고 약간 부담이 되어 불편한 관계 신경을 자연스럽게 쓰지 않게 되어 시원했다. 작열하는 태양볕 속에 소나기구름이 만들어져 한바탕 시원하게 쏟아지고 흥건하게 젖은 세상이 배경으로 그 뒤에 일곱 빛 색상이 선명하게 무지개가 선다.

잘 나타나지 않는 무지개를 바라보며 소원을 말한다.

이른 아침 이파리에 반짝이는 오색빛깔보다 선명한 무지개 일곱 빛깔이 더 아름답다고 생각한다. 아무튼 아름다운 색상을 하느님께서 감상할 수 있게 만들어 주신 자연의 신비이니 감사할 따름이다.

나는 토스트 한 조각에 커피 한 잔 하면서 신문을 보고 있었다. 엄마와 아빠, 언니와 대화하려고 신문, 뉴스 세상 돌아가는 것을 빼놓지 않고 언제부터인가 보기 시작했었다. 엄마의 글쓰기에 어려서부터 관심이 많아 지금 소설을 쓰고 있다. 먼 훗날 엄마가 하늘나라로 간 뒤부터 이어서 글쓰기를 하기 위해 미리 배워서 써 본다.

엄마는 더운 여름을 견뎌 내려고 오이냉국에 오이 부추를 썰어서 새콤달콤한 입맛을 잃지 않게 반찬을 만들어 된장, 풋고추 등 식탁에 올린다.

지루한 장마가 지나고 찾아온 푹푹 찌는 찜통더위에 우리 가족은 건강을 지키고 입추 말복이 지나 다소 나아졌다. 이때쯤이면 시원해져 오수의 잠이 쏟아진다. 시원한 빗줄기가 더위를 식히면 이루지 못한 잠을 청한다.

　더운 열기에 지친 몸을 다스리기 위해 영양가가 좋은 추어 매운탕, 추어 튀김 등을 먹으러 가자고 엄마가 말했다.

　마침 온 가족이 쉬는 주말이 되었다. 집에서 멀지 않은 음식점에 들어가서 그것을 시켰다. 냉방 장치가 되어 있어서 시원한 바람을 쐬고 기다리자 이윽고 뜨거운 추어 매운탕이 절반 끓여서 나와 우리 자리에서 불을 켜고 마저 익혔다. 그 사이 추어 튀김도 나와 먼저 먹기 시작했다.

　"보기보다 미꾸라지 튀김이 고소하고 맛있다. 먹어라."

　"언니, 바리스타 강의 들을 만해?"

　"응, 재미있어. 곧 알바로 카페 다니기로 했어."

　"아빠도 많이 드세요. 고단백질이 많이 들어 힘이 날 거예요. 소주 한잔하셔야죠? 너희들은 맥주 마신다고?"

　땀이 흐르도록 추어 매운탕의 얼큰한 국물이 시원하고 좋았다. 평소에 먹지 않는 음식을 보양식이라고 여름날 허약해질 수 있는 심신에 영양을 보충하고 나니 힘이 솟았다. 도심 속에 은은한 들꽃의 향기가 묻어나온다. 그 향기를 따라서 발길이 가는대로 마음 가는 대로 걸어다녔다.

　넓은 들이 펼쳐져 있고 그 옆에는 야산이 이어진 곳이 시야에 들어와 전원 교양곡이 울려 퍼진 것같이 보였다. 자유롭게 날아다니는 새들의 노래 소리도 들렸다. 코스모스가 무더기로 피어서 하늘하늘 춤을 추며 바람과 이야기를 하고 있는 것처럼 들꽃도 바람 속에 소곤거렸다.

　답답했던 가슴이 탁 트인 이 기분이 자유를 즐기고 있었다. 파란 맑은 하늘을 쳐다볼 수 있는 여유가 생겼다. 누렇게 익어 가는 벼 황금물결이 출렁이며 참새들의 소리도 들렸다. 한 폭의 그림 같은 정경을 감상하며 한 잔의 커피 향기를 음미하고 있었다. 하느님께 감사하면서 일상을 돌아보았다.

지금까지 나의 삶은 어떻게 살아왔는지를 생각해 보면서 다가오는 미래의 꿈을 심어 본다.

늦더위가 남아 낮에는 덥고 아침저녁으로 선선한 바람이 불어와 계절이 바뀌었다는 것을 실감할 수가 있었다. 아름다운 구월이 오는 소리를 가만히 귀를 대고 들어보았다. 열매가 익어 가면서 덕담을 나누는 아름다운 언어가 들렸다.

나는 정직원이 되면서 자유를 만끽할 수 있었다.

매미 우는 소리가 들리지 않더니 이제는 귀뚜라미가 귀뚤귀뚤 가을이 왔다고 슬픈 소리처럼 들리지만 소리가 가슴에 와닿아 기분이 풍족한 느낌이었다. 채색이 된 나뭇가지의 이파리들은 짙은 녹색으로 우거져 많은 햇볕을 지난 여름내 받아서인지 더욱 짙어졌다. 미사가 없는 날 이른 저녁을 먹고 성당 쉼터에 나와 있었다.

봉사하는 사람들도 퇴근한 뒤라 커피가 아니라 불면증에 좋은 허브차를 타서 엄마와 언니 셋이서 의자에 앉아 음미하면서 대화를 했다. 오고 가는 사람들도 있었지만 다른 날보다 한가했다.

"집에서 마시는 허브차보다 약한 것 같다. 마셔 봐. 차맛이 개운해서 좋아. 글 쓰는 사람들에게 필요한 차야."

"엄마를 보면 신기하고 대단한 사람이라고 생각해요."

"나도 그래 엄마."

"큰애 경아가 배 속에 있을 때부터 본격적으로 쓰기 시작했지. 글 쓰다 보니 너희들이 이렇게 커 있었다. 엄마 눈에는 아직도 조그만 애로 보이지. 다들 그래. 육십이 넘어도 애로 본다."

"벌써 가을이에요. 시간이 빨리 가는 것 같아요."

살기 좋은 나라

"나도 바리스타 수료증 따고 알바를 구하고 나니 벌써 가을이다."

"나는 너희들이 글을 쓸 수 있게 자연적 그렇게 키웠지. 글을 쓰라고 강요하지는 않지만 엄마가 세상을 마감하면 둘 중에 하나는 이어서 글을 썼으면 한다."

"너무 어려워요."

"아니 너희들을 할 수 있어."

"지금 쓰고 있는 것은 무엇이에요?"

"지금 쓰는 것은 자식세대 딸의 입장이 되어서 자기에게 맞는 직업을 구하고 자기에게 맞는 배우자를 찾아서 연애를 하는 젊은이들의 고민을 풀어가는 멜로 연애소설이다. 이 책을 보고 먼 훗날 생각하면 쓸 수 있게 쉽게 접근하면서 쓰고 있다."

"엄마, 멋있어요."

"엄마, 재미있겠다. 그지? 언니, 우리가 제1 독자이지? 책이 나오면 우리가 먼저 읽어 보니까."

"차 맛이 어때? 엄마는 잠이 오지 않으면 허브차를 진하게 타서 마시면 잠을 잘 수 있으니까 좋아한다."

"쉽게 말하면 작가인 엄마가 딸이 되어 1인칭 주인공 시점으로 젊은 세대를 이해하면서 문제를 풀어가는 이야기가 되는 거죠?"

"그래. 너희들의 상상에 맡기겠다."

밤늦도록 엄마와 대화를 하고 집에 돌아와 곤하게 잠을 잤다.

다음 날 아침 나는 출근을 했다. 열심히 내가 맡은 일에 충실히 하고 평소처럼 퇴근 버스를 탔다. 열어 놓은 유리창으로 바람이 시원하게 부는데 머리카락이 날리며 어디에선가 과일 익어 가는 향기가 날아왔다. 풍성한 가을이 피부로 느낄 수 있었다.

신도림역에서 내려 마을버스를 갈아탔다. 아침에 일찍 근무를 했기 때문 퇴근

시간이 빨랐는데 발길 닿는 곳이 시장이었다. 코끝을 자극하는 달콤한 과일 냄새가 시선을 끈다. 복숭아와 포도를 사서 가벼운 발걸음 집으로 향했다. 언니도 퇴근을 하고 집에 있어서 셋이 수다를 떨었다.

"복숭아 포도를 씻었으니 먹자. 아빠 먹을 것 남겨놓고."

"과수원에 농사가 잘되었는가 보다. 포도알도 굵고 달콤하다. 복숭아도 맛이 좋다."

"과일이 먹고 싶어서 샀는데 당도가 높아. 잘 샀어. 가을에는 이런 여유가 생겨서 멋있는 계절인 것 같아."

"내가 알바하는 카페는 그 옆에 고궁이 있어. 운치 있는 곳이야. 지아야, 언제는 쉬는 날 커피 마시러 올래?"

"무슨 고궁인데?"

"창덕궁 창경궁인데 경치가 좋아."

"그래. 가 볼게."

"전철 타고 오면 빨라."

시원한 바람 한 줄기가 미소를 짓고 불어와 거실 창가에 앉았다. 낮 더위가 있었지만 덥지도 않고 춥지도 않은 전형적인 가을날이 우리 앞에 펼쳐졌다.

짙은 초록 이파리가 더 이상 참지 못하고 퇴색이 되어 간다. 태양볕 일조량을 많이 받았던 순서대로 한 잎 두 잎 이파리가 곱게 물이 들어간다. 북쪽 산부터 단풍이 들어간다는 아름다운 풍경이 보도된다. 도심에도 빨강, 노란색이 변해 가는 모습을 바라본다.

세상은 아름다운 단풍으로 별천지가 되어 황홀하게 만든다. 나는 언제든지 커피 마시는 여유를 즐기기 위해 오라고 하는 언니 말을 기억하고 있었다. 언니 알바가 끝날 시간에 맞추기 위해 신풍역에서 전철을 타고 이수역에서 갈아타고 충무로에서 내렸다. 거리상 몇 코스를 걸어 아담한 카페에 도착했다.

"지아야, 저쪽에 앉아 있어. 커피 가지고 갈게. 이제 끝났어."

분위기 좋은 카페 한쪽에 앉아서 조금 기다리니까 언니가 왔다. 아메리카노 한 잔씩 앞에 놓고 한 모금씩 마시면서 대화를 한다. 손님들이 왔다 가지만 서빙시간이 아니라 편하게 있었다.

"요즘 시대는 평생직장이란 말은 없어졌어. 많이 생각해 보았다."

"그래. 내가 다닌 직업도 단점이 있어. 토요일 날 나갈 때 있고 일요일 날도 말이야. 다 쉬는데 나가서 근무하는 것이 쉽지 않아."

"아직 우리 나이 이십대 초반이니까 다른 전문직 찾아볼까?"

"언니가 그 점에서 생각해 보았단 말이야?"

"야, 우리 사회에서 몇 개 남지 않는 전문직 간호사 어때? 간호사는 간호대학을 나와야 하고 간호조무사 말이야. 밤에 근무 안 해도 되는 직업이고 월급은 간호사보다는 적지."

"그래? 고민해 보겠어. 이곳의 경치는 보기 좋은 곳이다."

"아직 싫증 느끼지 않아서 계속 있고 싶어."

"커피 맛도 일품으로 좋다. 서빙 어렵지 않아?"

"어렵지. 잘 적응해서 하지만 실수할 때도 있어 바리스타는 취미로 한다고 생각한다. 그래서 간호조무사를 염두에 두고 있다. 간호학원에 일 년 다녀서 국가고시를 봐야 될 거야."

"그래? 차차 다시 생각해 보자."

일단 커피를 다 마시고 카페를 나와서 걸었다. 언니와 나는 나란히 거리를 쏘다녔다. 인사동 거리를 나와 종로 세종로를 가기 전 교보문고에 들렀다.

"어려서 엄마 따라온 추억이 있어서 시내에 나오면 꼭 들르는 곳이야. 습관처럼 말이야."

"너도 그러니? 나도 그래."

우리는 신간 코너에서 책 제목을 훑어 눈에 익도록 자세히 보았다. 엄마의 책은 아직 나오지 않아서 궁금하지만 묻지는 않았다. 오고 가는 사람들이 붐비는 곳. 그러나 여기는 기분 좋은 마음이 머무는 곳이다. 한 바퀴 돌아서 종종 가벼운 걸음을 걷고서 왔던 길을 다시 나왔다. 시청 앞에서 지하철 2호선을 타고 디지털 공단에서 내렸다.

이제 하루 일과가 끝나고 잠자리에 들었다. 달빛이 밝아 그냥 잠들지 못하고 베란다에 서서 서울 시가지를 바라본다. 야경이 너무나 멋있어 감상하고 있었다. 좀처럼 보이지 않는 별이 보인다. 은하수 미리내가 무더기로 흐른다. 반짝 거리는 밤하늘을 뒤로 하고 내일을 위해 잠이 들었다.

긴 밤에 무슨 꿈을 꾸었는지 알 수 없도록 곤하게 자고 일어나 어느 때처럼 출근을 했다. 이렇게 일상은 펼쳐져 평범하게 시간이 흘러갔다.

단풍이 아름답게 온 세상에 물이 든 것도 잠시 하나둘 가랑잎이 되어 떨어지기 시작한다. 따뜻한 공간, 따끈한 차 한 잔이 그리운 계절이 되었다. 거리에 부는 바람에 가로수 나뭇가지 이파리들이 갈색으로 변해 땅에 떨어져 날아다닌다.

오고 가는 사람들이 낙엽을 밟으며 걸어간다. 언제나 이맘때면 그랬듯이 은행잎 노란 잎새를 주어 책갈피에 꽂아 둔다. 선명한 색상에는 아름다운 추억이 서려 있어 멋있는 향기가 묻어 나온다. 봄에 잎이 나오고 녹색의 젊음을 발산하는 여름이 가고 가을에는 단풍으로 우리 곁에 다가와 낙엽으로 우수수 떨어진다. 파란 하늘이 갈수록 짙어지고 높아만 간다. 그 창공 아래 자유롭게 날아다니는 새들 가을의 멋과 낭만을 만끽하고 즐기는 것 같은 느낌이었다.

나는 언니와 친구 미연이를 분식집에서 기다리고 있었다. 시월의 마지막 밤 야외 음악회가 영등포 공원에서 열린다기에 관람하기 위해 먼저 저녁을 먹기로 했다.

"미연아, 여기야."

"시간 맞추어 온다고 했는데 먼저 와 있네."

"언니도 오기로 했어. 좀 있다 시키자."

"클래식 발라드풍이 나온다고 그러더라."

"아무튼 티켓이 없는 음악회인데 우리가 운이 좋다."

조금 지나자 언니가 와서 셋이서 떡볶이와 순대, 서민적인 음식을 시켜 모처럼 맛있게 먹었다.

"음악회가 몇 시에 시작하니?"

"일곱 시부터 약 두 시간 동안 진행한다고."

"저녁을 먹었으니까 오늘 같은 날은 아메리카노 한 잔씩 내가 살게."

"그래, 언니. 좋아."

따끈한 커피를 빨대를 꽂아서 돈을 내자 주었다. 그리고 커피숍을 나와 마련되어 있는 의자에 앉아 기다렸다.

"낙엽이 지고 있는 공원에 분위기가 운치 있어 문화를 즐길 수 있는 선진국으로 올라가는 듯한 기분 좋은 밤이다."

"우리 현대인들은 이런 힐링할 수 있는 시간이 필요해. 그렇지?"

"좀 있으면 시작할 것 같아. 사람들이 많이 모였다."

서로 우리는 한마디씩 하면서 커피를 한 모금씩 먹었다. 낙엽이 하나둘 머리 위에 떨어졌다.

드디어 멋있는 음악회가 막이 올랐다. 주옥같은 여러 곡이 끝날 때마다 우레와 같은 박수소리가 울려퍼졌다. 그중에 〈시월 어느 멋진 날〉, 〈잊혀진 계절〉 노래가 가슴에 와닿았다. 대부분 예전에 히트 친 곡들로 선율이 듣기가 좋았다.

아름다운 음악으로 밤이 깊어 가는 시월이 아름다운 하모니가 빛이 난다. 깊은 감동을 받고 귓가에 쟁쟁하게 남아 있는 여운을 뒤로하고 집으로 돌아왔다. 아름다운 밤이 잊히지 않아 머릿속에 맴을 돌다가 늦게 잠을 이루었다.

다음 날 아침잠을 설쳤지만 다행히 늦지 않았다. 더욱 쌀쌀해진 기온에 낙엽이 우수수 떨어져서 쌓인다. 성당 앞마당에 떨어진 이파리를 쓸지 않고 그대로 오고 가는 사람들이 밟고 다닌다. 바스락 바스락 낙엽이 떨어져 밟으면 부스러지는 소리가 난다. 벌써 한 해가 다해 간다는 계절의 변화를 앞두고 있다. 올해를 생각해 보고 정리하기 위해서 그리고 생길 수도 있는 불미스런 일을 미리 일어나지 않도록 핸드폰 번호를 바꾸어 버렸다.

을씨년스런 날씨에 잿빛 하늘이 잔뜩 흐려 있다.

잠시 하느님 말씀을 생각해 보는 묵상의 시간을 가졌다. 믿음에 실천이 없으면 그 믿음은 죽은 것이라는 말씀을 되새기며 우리는 과연 말로써가 아니라 행위로써 신앙을 증거하고 있는지 살아 있는 믿음으로 주님께 다가서고 있는지 차분히 돌아보는 시간을 생각해 보았다.

생명의 문화를 위협하는 우리 시대에 사랑에 찬 생명을 위한 봉사가 절박하다. 어떤 사람이 믿음이 있다고 말하면서 그것을 행동으로 나타내지 못한다면 무슨 소용이 있겠는가. 지금 밖은 세찬 바람이 부는데 따뜻한 집에서 하느님에 대한 사랑으로 충만함을 느낄 수 있게 해 주심을 감사드렸다.

바람소리가 윙윙 귓가에 맴돌다 먼 곳으로 날아간다. 피곤했던지 자리에 누워서 꿈나라로 여행을 떠나는 기분으로 잠을 청했다.

살기 좋은 나라

8. 시월 어느 날

평범한 일상이 평화롭게 엮어지는 가운데 금세 반년이 지났다. 나는 하느님 말씀이 새롭게 다가와 강의를 듣고 생각하면서 다시 거듭 태어난 기쁜 마음으로 생활하고 있었다.

이 세상을 사랑한 나머지 나를 향한 끝없는 사랑과 용서 때문에 보내어진 예수님을 정말 믿는가. 나는 가끔 스스로에게 묻게 된다. 하느님께서 나를 사랑하고 용서한다는 것을 믿는가. 나는 분명하게 믿는다고 말한다. 그런데 때때로 뭔가 두려워하고 불안해하며 죄스러워하는 자신을 보게 된다. 나는 나를 향한 하느님의 용서와 사랑을 진정 믿는가 하고 반문해 보며 의구심을 느끼곤 한다. 그러면서 나를 향한 하느님의 사랑과 용서가 내 안에서 전혀 의식되지 않는 자신을 깨닫곤 한다.

그때마다 어떤 것에 매몰된 나 자신을 발견한다. 이렇게 매몰된 나 자신을 발견하면 그 마음속에는 늘 자아가 꽉 차 있었다. 내 생각과 이론 느낌과 감정만 있을 뿐 하느님을 향한 그 어떤 감정도 찾아볼 수 없었다.

이 순간은 기도가 절실히 요구되는 순간일 텐데 어찌할 줄 몰라 그냥 있곤 한다. 그러다가 몸소 다할 수 없이 탄식하시며 우리를 대신하여 간구해 주시는 성령인도에 의해인지 내가 지금까지 어떻게 인도됐는지를 더듬곤 한다. 그러면 차츰 내 마음은 차분해진다. 용서받고 싶다는 마음이 생기는가 하면 감사한 마음이 우러나온다. 나를 향한 하느님의 사랑과 용서의 마음이 열린다.

몸과 마음이 훈훈해지고 어느덧 주님께 의지하고 맡기는 마음이 된다. 안도의 한숨과 함께 평화가 내 안에 감도는 느낌이다. 하느님께서 세상을 너무나 사랑하신 나머지 그 사랑 때문에 보내어지신 예수님 바로 당신이기 때문이라는 것이다.

보내어진 예수님을 믿는 것. 그것은 하느님의 사랑을 믿는 것이다. 하느님을 믿는다고 누구나 대답할 것이다. 그러나 대답 속에 들어 있는 깊이의 차이는 모두 다를 것이다. 믿는 깊이만큼 나는 구원된다고 생각한다. 믿는 만큼만 하느님의 용서와 사랑이 내 마음속에서 살아 움직이기 때문이다. 살아 움직이는 그 동력은 실행으로 이어져야 한다. 시원한 바람 한줄기가 창가에 앉아 속삭인다.

늦게 핀 넝쿨 장미가 활짝 웃고 서 있었다. 싱그러운 녹색 이파리가 옆에서 지켜 주는 모습이 든든해 보였다.

햇볕이 따가워도 덥다는 느낌이 들지 않는 초여름이 되었다.

한가한 휴일. 엄마 아빠는 외출하고 언니와 둘이 있게 된 시간 늦은 점심을 먹고 달달한 믹스커피를 끓여 한 잔씩 하고 있었다.

"우리가 예전부터 생각하던 것을 실천해 보고 싶다."

"언니, 내 친구 보라도 한다고 그랬어."

"9월에 간호학원 개강한다는 말을 들었는데."

"이달이면 정직원 된 지 2년인데 과감하게 사표를 내야겠어."

"정직원이면 남부고용센터에 이직한다고 신고 접수를 하면 원비, 교통비는 지원한다던데."

"그래. 그런 말도 들어보았어."

"나는 알바만 해서 자기가 수강료는 내야 될 거야."

"아무튼 도전해 보자. 언니."

"그래. 열심히 해 보자. 젊은데 못 할 것이 뭐가 있냐? 도전하자."

푸르름이 짙은 색깔로 우리 곁에 다가와 고운 노래를 한다. 기분 좋은 촉감이 피부에 닿아 감미롭고 부드러운 느낌이다.

밥을 먹은 지 얼마 되지 않았지만 토스트를 구워 계란프라이를 해서 얹어 먹고 있었다.

문 앞에 놓여 있는 신문을 펼쳐서 읽고 있다. 화단의 짙은 녹색 이파리가 바람에 날리어 향기가 묻어 나와 가만히 맡아 본다.

나는 단단히 결심을 하고 이른 아침 출근했다. 먼저 환율을 체크하고 매장을 정리한 뒤 손님들을 맞이하였다. 옆 브랜드 직원들도 서로 도와가며 근무하기 때문 친근한 사이다. 손님들이 왔다 가고 한가하게 쉴 수 있는 시간이 되었다. 점심 시간 이전에 매니저가 출근하여 이것저것 보기도 하고 챙긴다.

"많이 팔았어요? 지아 씨?"

"예. 브랜드 몇 개 외국 분이 사갔어요."

"점심 먹고 올래요?"

"아니요. 그전에 매니저께 하고 싶은 말이 있는데요."

"그래요? 무슨 말인데요?"

"예전부터 하고 싶은 일이 있어서 개인 사정으로 사표를 낼까 해요."

"뜻밖의 일이네요. 지금 일이 팔리는 날이 있는가 하면 팔리지 않을 때도 있지만 그냥 잘 돌아가는데."

"꼭 해 보고 싶은 것을 준비하려면…."

"그래요. 일단 사람을 구해야 하니까 구하면 잘 가르쳐 주세요. 익숙해질 때가 되려면 시간이 걸리니까 먼저 포인트 중요한 것만 인수인계가 끝나는 날 사표 내고 안 나오면 돼요."

"예. 그렇게 하겠습니다."

그동안 가슴에 맺혔던 체증이 시원하게 내려간 듯한 기분이었다. 그만큼 나에게는 긴장하고 살았기에 다른 것을 추구하게 된 것이다. 더욱 나에게 맞는 것을 아직 젊기 때문에 가능한 것이다. 습기가 없는 초여름의 시원한 바람에 머리카락이 날린다. 집으로 향하는 발걸음이 한층 가벼워서 컨디션이 좋아졌다. 며칠이 지나고 새 직원이 구해졌다. 순서대로 중요한 정보를 습득하고 사표를 제출했다. 마지막으로 밥을 먹자고 했다. 직원이라야 파견 근무했기 때문 셋이 그간 수고했다고 자리를 마련해서 회식했다.

"그동안 정이 들었는데 서운해요. 다른 데에 가서도 인정받고 일할 거예요. 책임감이 강해서 좋았어요."

"일에 잘 적응을 해서 오래 있을 줄 알았는데 이렇게 될 줄 몰랐어요. 다른 일 하더라도 성공하길 바라요."

"두 분 선배님 잘 봐주셔서 감사했습니다. 잊을 수 없을 거예요."

서로 격려하는 의미에서 악수를 하고 마지막 인사를 하고서 인천 공항선 전철을 타고 빠져나왔다. 너무나 많은 사람들이 왔다 가는 국제적으로 유명한 공항에서 젊은 날 잠시 일했던 것으로 기억이 될 것이다. 여행을 가면 가 볼 수 있는 곳이라 생각이 되어서 마음속에 서운함이나 아쉬움이 없고 추억을 새겼다. 그 자체만으로 흡족했다.

어느덧 장마철이 지나고 작열했던 태양볕도 한풀 꺾여 금세 아침저녁으로는 시원한 바람이 불어와 기분이 한결 좋아졌다. 낮에는 대기가 불안정해 소나기가 내려 열기를 식혀 주었다.

하늘에는 뭉게구름이 두둥실 떠다닌다. 길옆 텃밭에는 가을이 온다는 기미가 엿보인다. 고추, 호박, 가지가 주렁주렁 매달려 있고 방울토마토가 익어서 따 먹는다. 내년부터 주택 지역에 재개발한다는 준비를 하라고 한다. 햇볕이 너무 강렬해 더위는 아직 물러나지 않았다. 시원한 바람에 이맘때처럼 즐기는 기분이었다.

이곳에 오면 도심 속에서도 시골에서 볼 수 있는 것들이 펼쳐진다. 고추잠자리들이 맴을 돌며 날아다니는 장면도 목격할 수 있다. 거미가 거미줄을 쳐놓고 먹이를 기다리는 모습도 신기하다.

상추, 호박도 가끔 얻어오는 덤이 있어서 푸근했었다. 엄마는 호박을 넣고 새우젓으로 간을 한 된장국을 끓인다. 잘 익은 열무김치에 된장국 건강한 밥상을 차리는 엄마와 회사에 다니시는 아빠 능력이 좋은 부모님을 본받아 우리 앞길은 우리가 책임지는 자립심이 강한 성인이 되어야겠다고 생각하고 행동으로 실천하기로 했다.

계절이 바뀐다는 신호가 피부로 느껴진다. 활동하기 좋은 알맞은 온도에 기분이 상쾌해진다. 구월이 온다는 소리가 어디에선가 들리는 듯 가만히 감상한다. 가을 햇빛은 봄 햇볕보다 더욱 강하게 쏟아진다.

열매가 여물어 익어 가는 풍성한 가을이 마음을 설레게 한다. 친구들과 자주 만나 소통을 한다.

우리가 계획한 것을 하기 위해 먼저 간호학원에 등록을 해야 한다. 어느 날 언니와 보라와 나 셋이서 대한 간호학원에 방문했었다.

"전화로 문의를 했는데 접수하러 왔습니다."

"그래. 세 명이 같이 해요? 자격증을 따려면 1년 걸려요. 학원에서 강의를 듣고 실습하고 시간을 다 이수하고는 국가고시 시험을 보아서 합격하면 학원에서 처음에는 일자리를 소개해 줘요. 힘들지만 보람이 있을 거예요. 열심히 해 보세요."

"강의는 언제부터 합니까?"

"2주 뒤 9월 중순부터 해요. 그때까지 이 팸플릿 안내문대로 서류, 원비 준비해 오세요. 선생님 강의한 대로 잘 따라오면 합격하는 데는 문제가 없을 거예요."

"예. 열심히 하겠습니다."

우리는 이 일이 평생 할 수 있는 직업이라고 생각했다. 사회생활하다 좋은 사람 만나 결혼하고 출산하고 나서도 할 수 있는 좋은 일이라 생각하는 전문직이다.

가을바람이 산들산들 불어오는 이 계절에 온 정신을 가다듬고 강의 듣고 공부하는 데 쏟았다. 그리고 쉴 수 있는 시간적인 여유가 생겨 몰려다니는 즐거움도 있고 고등학교 때로 돌아가는 것 같은 느낌이었다.

친구들과 같이 하는 재미있는 시간이 계속 이어졌다. 보라는 약국에서 일을 했었는데 같이 일한 선배와 지금도 만나고 있었다. 일을 가르쳐 준 고마운 선배라고 한다.

내가 가장 좋아하는 계절이 되었다. 하늘은 높고 맑아서 파란 색깔이 물감을 풀어놓은 듯 아름다운 그림이 펼쳐진다.

우리는 성당 커피숍에 앉아서 아메리카노 한 잔씩 마시면서 이야기를 나누는 티타임 시간을 자주 가졌다.

"지아야, 선배가 남자친구 소개해 준다고 했는데 내가 너무 키가 크잖아. 키가 맞지 않아서 대타로 친구를 소개해 주면 어떻게 생각하냐고 물었더니 그럼 같이 만나자고 하면 나오라고 해서 너에게 말해 본 거야."

"그래? 남자친구가 없으니 그렇게 해 볼게."

"단풍이 들어가는데 남자친구가 생겨 데이트하면 분위기가 좋겠다."

은은한 커피 향기가 그윽하게 피어났다. 성당 마당 가득히 실국, 들국화가 피어서 향기로운 냄새가 진동했다.

며칠 후 우리는 디지털단지 학원 옆에 멋있는 음악이 흐르는 곳 분위기 좋은 카페에서 만났다. 테이블 앞에 커피 한 잔씩 앞에 하고 처음으로 인사를 했다.

"보라와는 사회 선배인데 대학교 때 선배를 소개합니다."

"안녕하세요? 회사에 다니고 있는 이혜성이라고 합니다."

"여기는 내 친구 박지아. 서로 잘 어울리는 것 같아 소개합니다."

"저는 이직을 하려고 준비하고 있는 박지아입니다."

"우리는 빠지니까 둘이 잘해 봐요. 그럼."

혜성처럼 나타난 시월 어느 날 첫눈에 서로 반한 듯 자연스러웠다. 예전부터 알고 지낸 사람처럼 부담이 없었다. 느낌이 너무 좋았다. 오늘은 커피만 한 잔씩 마시고 간단히 인사하는 정도로 차차 만나면서 알아가는 시간을 갖자고 카페를 나와서 걸었다. 발자국 소리에 가슴이 두근두근 거렸다. 서늘한 바람 한 점이 창가에 앉아 소곤거린다.

잠이 오지 않아 베란다에 서서 서울 시내 야경을 바라본다. 황홀한 불빛은 찬란하게 빛이 반사되어 우리를 지켜 주고 있었다. 밤하늘에 별이 보인다. 좀처럼 보이지 않던 별이 오늘 밤에는 반짝거려 내일의 날씨가 맑다는 것을 알 수 있었다. 밤공기를 늦게까지 마시다가 잠자리에 들었다.

간밤에 꿈을 꾸었다. 백마 타고 나타난 왕자를 만나 같이 춤을 추는 음악을 들으며 눈을 떴다. '아 꿈이었구나.' 괜시리 기분이 좋아졌다.

세상은 단풍으로 울긋불긋 빨강 노랑 물이 들어 아름답게 변하고 있었다. 이런 기분은 처음인데 사랑이 시작되었나. 내 마음 나도 모르게 알 것도 같고 모를 것도 같은데 가슴이 콩콩 뛰었다.

일주일이 되는 날 세 번째 만나게 되었다. 밥을 먹은 뒤 우리는 걸어서 성당 쪽으로 발길이 닿았다.

"종교가 카톨릭이에요, 혜성 씨? 성호 그은 것도 그렇고 느낌이."

"예. 어렸을 때 다니고 중학교 때 세례 받고서 다니지 않았어요."

"같이 성당에 다녀요, 그럼. 친구들이 다녀서 자연스러워요."

"그렇게 합시다."

"커피 내가 사가지고 올게요. 자리에 앉아 있어요."

커피숍 안에 사람들이 있었지만 아랑곳하지 않고 밖의 공기도 맑고 가을꽃들이 잘 가꾸어져 있어서 분위기가 좋았다. 종이컵에 두 잔 아메리카노 커피를 가져와 자리에 앉아서 한 잔을 혜성 씨 앞에 한 잔은 내 앞에 놓았다.

향기로운 커피를 한 모금씩 마시며 대화를 한다.

"내가 나이 다섯 살 위니까 자연스럽게 오빠지. 안 그러니?"

"오빠도 참. 우리가 공통점이 있으니까 그러네요."

"우리 사귀다가 때가 되면 결혼도 생각해 보자."

"일단 사겨 보고 괜찮으면 그때 생각해도 늦지 않아요."

분위기에 취해 술을 마시지도 않았는데 같이 있는 것만으로 기분이 좋아지고 호기심이 생겼다.

성당을 둘러싸인 나뭇가지에 단풍이 절정에 닿아 아름다운 색상이 우리 마음 깊숙이 파고들었다. 오후 내 성당에 있다가 미사를 드리고 한 잎 두 잎 떨어진 낙엽을 밟으며 집으로 돌아갔다. 싸늘한 바람이 옷깃을 스치며 불어와 가을꽃 향기가 묻어 있었다.

우리는 쉬는 날에 만나서 데이트를 재미있게 하고 즐긴다. 떨어진 낙엽을 모아 서로에게 던지면 뿌려져 옷에 낙엽이 가득히 달라붙어서 낙엽 냄새가 물씬 풍긴다.

이제는 오빠와 둘이 보라매 공원에 돌아다닌다. 편의점에서 비둘기 먹이를 주어서 구구구 비둘기 떼들이 몰려다닌다. 다정한 연인들이 데이트 코스로 자주 와서 즐기는 곳이다.

우리는 연못 둘레길을 손 잡고 거닐었다. 짝 찢어진 청바지에 티를 같이 맞추어 입고서 옛날부터 사귀는 연인처럼 자연스럽게 어울리는 커플이 되어 추억을 새긴다.

오빠가 컵라면에 뜨거운 물을 부어와 라면이 익어서 불기를 기다리는데 연못에서 자라와 잉어가 헤엄치며 다가온다.

"오빠, 신기하다. 저 물속에 고기 떼들."

"빨강색으로 알록달록한 것도 있다. 물고기를 키우는가 보다."

"비둘기 개체 수가 많아 먹이를 주지 못하게 하는데."

"여기에서는 자기들 세상이다. 라면이 다 익었다. 먹어."

나무젓가락으로 라면을 저어 먹으면서 서로 얼굴을 마주 보고 웃는다. 찬바람에 낙엽이 우수수 떨어지는 모습 젊음의 꿈과 낭만이 달콤한 사랑에 빠진다. 따끈한 국물을 한 모금씩 마시는 그 맛이 일품으로 좋았다. 젊은 연인이기에 채우며 살아갈 날이 많아 행복했다.

날이 저물어 간다. 해가 지면 온도가 빠르게 내려가 춥게 느낀다. 집까지 데려다준다고 손을 다시 잡자 체온도 느껴진다.

가로수 길에 가로등이 밝혀지고 휘영청 불빛이 반짝이는 도시의 밤이 찾아온다. 여기에서 집이 가까우니 버스 정류장에서 버스 타고 가는 것을 보고 들어가겠다고 하였다. 이윽고 버스 타는 모습을 지켜보면서 보이지 않을 때까지 손을 흔들어 주었다. 유쾌한 시간을 보내고 기분이 좋아서 집에 들어갔다.

가을 햇빛이 따뜻하게 내리비치는 곳 포근하고 따끈한 차 한 잔의 여유가 이야기꽃으로 피어난다. 내 마음이 이다지도 아름다운지 그대가 있기 때문이 아닌지 사랑이란 이렇게 아기자기 잔재미로 시작되는가 보다. 왠지 모르게 보고 싶고 만나면 가슴이 두근거려 얼굴이 빨개진다. 나뭇가지에는 낙엽이 얼마 남지 않았다.

이 시기에 나에게 다가와서 사랑이 무엇인지 느끼게 해 준 사람 가슴 한곳에 비집고 들어와 그가 없었을 때와 알고 난 뒤 내 옆에 있을 때가 이렇게 차이가 나는지 큐피드의 화살이 꽂혀 운명처럼 너는 나의 반쪽인가 보다.

한편으로 내가 하는 공부는 충실히 하고 있었다. 즐기면서 하니까 집중이 더 잘되고 귀에 속속 들어오는 것 같았다.

언니가 우리 연애하는 데에 관심을 많이 가지고 있어 자꾸 묻는다.

"애, 남자친구하고 친한 사람이 있니?"

"응. 친구 있다고 했어. 같이 대학도 다니고 같이 군대도 갔다 온 절친이 있다고 했어."

"기회가 있으면 소개해 달라고 그래."

"나도 그렇게 생각하고 있어."

"열심히 해서 국가고시에 합격해야 떳떳하지. 그런데 영어 수학이 아니라 공부가 쉬워. 해 볼 만해."

"아무튼 열심히 하자. 언니."

가을비가 내린다. 겨울을 재촉하는 비가 추적추적 제법 내렸다. 비가 내린 뒤 차가운 공기가 들어와 며칠 동안 추운 가을이 되었다. 마지막 남은 이파리마저 떨어지고 앙상한 가지만 남아 있었다. 이렇게 계절은 겨울로 들어선다.

을씨년스런 날씨에 첫눈이 기다려지는 젊은 날의 낭만을 만끽할 수 있는 자유 바바리 깃을 세우고 한손에는 책을 들고 한쪽에는 긴 가방을 어깨에 메고 다니는 지금의 나의 모습이다. 더 나은 내일을 개척하기 위해 열심히 노력하며 미래를 꿈꾼다.

날씨가 많이 추워졌다. 우리는 즐거운 나날들은 보내고 있었다. 주말에 영등포역 근처에 있는 곳으로 쇼핑 가자고 문자가 왔다. 강의 시간 이수는 채워져 돌아다녀도 부담이 없었다.

이제는 종합병원 실습과 개인병원 실습을 해야 한다. 실습을 마치면 문제집 풀이하고 시험 보는 것으로 일정이 빡빡해서 힘들지만 재미있었다.

쉬는 날 전화가 와서 영등포 공원 입구에서 만났다.

"공기는 맑지만 날씨가 쌀쌀하다. 입김이 나올 정도로."

"오빠, 요즘 긴 패딩이 유행이야. 실용적이고 가격이 적당하대."

"점심 먼저 먹고 옷구경하자."

"바람은 좀 차가운데 햇볕은 따뜻하다. 지금은 산책하자."

공원을 손잡고 거닐었다. 몇 바퀴 돌고 나니 점심때가 되었다. 영등포 시장 옆

먹자골목에서 매콤한 낙지 철판구이를 시켰다. 소중 한 병을 시켜 석 잔씩 나누어 낙지볶음을 안주로 하고 마시니 딱 좋았다. 남은 양념에 볶음밥을 빼놓을 수 없을 만큼 맛이 일품이었다.

배를 든든히 채우고 옆에 있는 백화점에 들르지 않고 넓은 영등포 시장 안에서 발품 팔아 좋은 패딩을 같은 검정색으로 샀다. 흥거운 분위기에 설레게 하는 크리스마스가 다가온다. 화이트 크리스마스가 드물게 오는데 올해에도 눈이 올 것 같지 않은 날씨지만 마음은 풍선처럼 부풀어 올랐다.

성당 앞마당에 마굿간에서 태어나 구유에 누워 계신 아기 예수님을 경배하러 온 동방 박사 등이 잘 나타난 장면을 형상화하여 진열되어 있었다. 나무의자에 앉아 사진도 찍었다. 앙상한 나뭇가지에 작은 전구를 설치해 반짝반짝 빛이 나서 밝혀 주는 신천지 같은 느낌이었다.

우리는 손을 꼭 잡고는 서로 사랑하는 은혜를 많이 내려주시기를 기도했다. 크리스마스이브에도 만나서 자연스럽게 밤미사에 참석하기 위해 성당에 나왔다. 〈고요한 밤 거룩한 밤〉 음악이 흘러나온다. 패딩은 커플로 입고 약간 춥지만 마음은 즐거워 이리저리 돌아다닌다.

밤 열시에 미사가 시작되었다. 불이 꺼지고 신부님께서 아기 예수님을 안고 들어오시자 불이 켜졌다. 이 어두운 세상에 광명의 빛으로 오신 예수님 우리의 갈 길을 비추어 주시고 인생은 어떻게 살아야 하나 많은 생각을 하고 예수님 닮은 삶으로 거듭 나기를 두 손 모아 기도했다.

9. 사랑의 콩깍지

간밤에 눈보라가 거세게 불더니 아침에 일어나서 창밖을 바라보았다. 그런데 하얀 눈이 쌓여 온 세상이 변해 있었다. 해는 바뀌어 2016년 가장 춥다고 하는 1월이 되었다.

눈이 소강상태였는데 계속 내린다. 온도가 영하 10도 이하로 떨어져 밖에 나가면 얼어 있기 때문 너무 춥지만 만나자는 전화가 왔다.

"사랑해, 지아야. 눈이 온다. 만나자. 아파트 주변에 참 좋은 당신이란 카페로 나와."

"오케이. 가까운데 잠깐 기다려. 단장해야 돼."

"항상 보아도 예쁜데."

"오빠한테 화장 안 한 맨얼굴 보이기 싫어."

"기다릴게. 다 하고 나와."

나는 기분이 좋아서 먼저 머리를 감고 드라이기로 말렸다. 그리고 화장을 곱게 한 뒤 스커트에 블라우스 그 위에 코트를 입었다. 향수를 살짝 뿌리고 부츠를 신고서 아파트를 내려와 사뿐히 걸었다. 눈을 밟으니 뽀드득뽀드득 소리가 나서 경쾌했다.

약간 눈을 맞은 기분은 날아갈 것 같았다. 카페 문을 열고 들어가니 오빠가 활짝 웃으며 반겨 주었다.

"야, 우리 지아, 이쁘다. 어서와 앉아."

"많이 기다렸어? 빨리 온다고 왔는데."

"아니야. 너를 생각했어. 지루하지 않아."

유리창 너머에 함박눈이 내리는 장면을 감상하며 따끈한 아메리카노를 한 모금씩 마신다. 달달한 대화를 나눈다. 시장기가 들어 로제 소스에 스파게티, 닭가슴살 샌드위치를 시켜 나누어 먹었다. 종일 눈이 녹으면서 내렸다.

커피가 리필이 되어 점심을 먹은 뒤에도 개운한 맛이 좋아서 계속 마셨다.

"우리 이야기만 했는데 내 친구가 언니를 소개해 달래. 그래서 언제 좋은 날 시간 만들어 본다고 그랬어."

"그래? 언니에게 말해 볼게. 서로 자연스럽게 만날 수 있게 하자."

맛있는 음식도 나오는 카페라서 하루 종일 음악 감상하며 놀다가 저녁은 떡갈비를 먹고 있다. 헤어져 집으로 돌아왔다. 엄마, 아버지, 언니가 거실에 모여서 텔레비전을 보고 있었다.

분위기가 남자친구 사귄다는 말을 꺼내도 괜찮아 보였다.

"엄마, 나 데이트했어요. 몇 개월 된 것 같아요. 건전하고 재미있게 사귀고 있으니 지켜봐 주세요. 사랑을 키워 갈 수 있도록."

"얘들아, 나는 너희들 연애한 것 간섭 안 한다. 서로 좋아하고 아껴 주면 되는 것 아니니."

"언니 소개시켜 준다는 말이 있었어. 준비라고 할 것 없지만 부담 갖지 말고 좋은 생각만 하고 있어."

아빠는 우리들 하는 이야기를 듣고 빙그레 웃고 계셨다.

오늘밤은 어제보다 바람소리가 들리지 않고 잠잠하다. 나는 화장을 지우고 세안을 하면서 거울을 본다. 시간이 되어 잠자리에 들어 세상모르게 곤하게 잠을 잤다.

추운 겨울은 얼었다 녹기를 반복한다. 생물들은 겨울잠을 자는데 봄은 멀리 있긴 하지만 곧 봄이 온다는 소식을 전한다.

엄마는 잃어버린 입맛을 돋게 하는 비닐하우스에서 재배하는 봄의 식물들을 시장에서 사다가 식탁에 올린다. 올해의 겨울은 추워도 추울 줄 모를 만큼 따뜻하고 훈훈했다.

오빠가 내 옆을 지켜 주어서 너무 좋았다. 아기자기하게 사랑을 엮어 가는 기쁨을 같이 나누고 싶은 언니와 친구들 기회가 올 것이라는 긍정적인 생각을 하고 있었다. 대동강 물도 풀린다는 우수가 지나자 날씨가 풀린다. 아직 날씨는 차가운데 어디에서부턴가 봄바람이 불어온다는 느낌에 기분이 상쾌해진다. 아파트 화단에도 얼었던 땅이 녹고 봄기운이 감돌고 있었다. 앙상한 가지에는 물이 오르는 듯 새순을 틔우기 위한 준비를 한다.

긴 겨울이 가고 초봄이 왔다. 관악산 너머 남쪽에는 누가 살기에 봄바람이 살랑살랑 불어와 이 부푼 마음 신바람이 나서 일상이 즐거워진다.

"우리만 좋은 시간 보내는데 친구와 너의 언니도 사귈 수 있도록 자리 마련하자. 내일 같이 나와. 나는 친구 데리고 나올 테니까 예전부터 말을 했는데 마음의 준비는 다 되어 있겠지?"

"알았어. 오빠, 그럼 전화 끊을게."

봄이 왔지만 아침저녁으로는 온도가 떨어져 싸늘했다.

언니는 어제부터 들떠 있었다. 만나기로 한 날 멋을 부린다. 나도 같이 예쁘게 차려입고 거울을 자주 본다.

시간이 되어 만나기로 한 곳으로 나갔다. 분위기 좋은 카페에서 먼저 와 음악을 듣고 앉아 있었다.

"왔니? 친구야."

"언니랑 왔어."

"인사해. 앉아."

"안녕하세요? 권세연입니다."

"안녕하세요? 지아 언니 박경아라고 해요."

커피는 카페라테로 통일해서 한 잔씩 마시고는 말했다.

"우리는 그만 간다. 잘 사귀어 봐. 잘 맞는 사람들이다."

언니와 세연 씨는 둘이 남아서 이런저런 얘기를 나누었다.

"혜성이와 나는 대학교를 같이 다녔고 군대도 같이 갔다 왔어요. 회사도 같은 회사이고 절친이죠."

"집은 어디에요?"

"본가는 대구예요. 안양 회사 옆에서 자취를 해요. 원룸을 얻어서."

"회사는 무엇을 만드는 회사예요."

"안양 과학 대학교 기술과를 같이 나와서 중소기업 회사에 그냥 스카웃되어 계속 다녀요. 수출하는 자동차 부속품 만드는 일을 하는데 전문직이라 그냥 취직됐어요."

"다행이라 할 수 있고요. 대단하네요. 직업 잡기가 힘든데."

처음인데도 여러 가지 대화를 하고 부담가지 않은 범위 안에서 저녁까지 먹고 자주 만남을 갖자고 말을 했었다. 언니는 와서 조잘조잘 있었던 말을 하면서 수다를 떨었다.

개구리가 잠에서 깨어난다는 경칩이 지나자 봄비가 소리 없이 내린다. 날씨는 점점 포근하게 봄 햇살이 내리 비추어 기분이 상쾌하다.

카페 안에 만들어 놓은 생명 갤러리가 도심 속에 자연을 옮겨 놓은 듯 보기가 좋았다.

다시 단장을 해서 하느님 안에서라는 뜻을 가진 카페 인데오를 열어 성당에 오고 가는 사람들이 커피 한 잔씩 하는 곳이다. 나뭇가지에는 떡잎이 움트고 훈훈한 바람이 감돌았다.

새봄의 싱그러운 향기가 가득히 날아다니는 자유를 만끽하고 있었다. 성모상 뒤에 펼쳐진 하늘은 높고 맑아 손으로 잡을 수 있을 만큼 가까운 거리로 보여서 호흡을 크게 쉬었다.

지금은 국회의원 선거철로 전국에 열기가 뜨겁게 달아올라 있었다. 어느 당이 집권하던 경제 사정은 좋아지지 않았다. 우리는 그런 것은 아랑곳하지 않고 커플끼리 데이트를 즐겼다.

낮에는 포근했는데 밤이 되려고 하니까 온도가 떨어진다. 언니와 세연 씨는 저녁을 먹고 커피를 마시려고 발길이 닿아 성당에 나와서 앉아 있었다. 오늘 재미있었다는 이야기를 하면서 커피 한 모금씩 맛을 음미한다. 헤어지기 싫다. 더 있자고 한다.

성당 문 앞을 나오니 밤바람이 쌀쌀하다는 느낌이었다.

주머니에서 티켓을 꺼내 보이면서 말했다.

"내일 연극 보러 가요. 티켓 두 장이 생겼는데 종로구 대학로에 구경도 하고 맛있는 것도 먹으면서 좋은 시간 보냅시다."

"예. 그렇게 해요."

"내일 만나서 전철을 같이 탑시다."

언니와 세연 씨는 아파트 문 앞에서 언니가 들어가는 것을 보고 발길을 돌려 집으로 돌아갔다.

다음 날 화창하게 갠 오후 만나서 전철 1호선을 타고 종로 3가에서 내려 손을 잡고 거닐고 있었다. 저쪽 인사동 거리에는 시민들이 나와서 휴일을 즐기고 있는 모습이 보였다. 간혹 외국 사람들도 눈에 뜨였다.

길을 건너 광장시장 안 먹거리가 진열된 곳으로 들어갔다. 먹음직스런 음식을 만들어 놓고 손님들을 기다리고 있었다. 시장기가 돌아 마약김밥, 떡볶이, 순대, 빈대떡 등 골고루 시켰다.

살기 좋은 나라

"적은 돈으로 맛있는 것 먹을 수 있는 곳이 이곳이에요. 자, 먹어 봐요."

먼저 음식을 나무젓가락으로 집어서 한입 넣어 주자 언니도 세연 씨 입에 김밥을 마약소스에 묻혀서 넣어 주었다.

"맛이 좋아요. 먹어요."

여러 가지 음식으로 고픈 배가 만족감으로 오도록 채웠다. 그리고 광장시장을 구경 삼아 몇 바퀴 돌아보다가 그곳에서 나왔다. 연극을 볼 시간이 되지 않아서 대학로에 있는 멋진 카페에 들어가 자리에 앉았다. 맛이 개운한 아메리카노를 시켜서 한 잔씩 앞에 놓았다.

학생들과 예술인들을 직접 볼 수 있는 멋과 낭만이 존재한 곳이라서 사람들이 관람하러 오기 때문 붐비는 곳이다. 언니와 세연 씨는 같이 바라보고 같이 웃으면서 시간을 같이 보낼수록 더욱 가까워졌다.

연극을 본 뒤 진한 감동을 받고 기분 좋은 밤공기를 마시면서 집으로 돌아와 행복 바이러스가 가족에게 전염되었다. 모두 잠든 밤 나는 베란다에 나와 밤 야경을 바라보고 있었다. 언니를 소개시켜 잘 진행되어 사귀고 있는데 나는 또 친구 미연이도 평생 만남을 이어 갈 수 있는 같은 분야의 남자를 소개시켜 주었으면 하는 바람이 있었다.

캄캄한 검은 빛깔의 밤하늘 저 멀리 별이 지구를 향해 반짝거리며 가까워지려고 하는데 그 사이를 은하수 미리내가 흐르고 있어 안타까운 마음이 아름답게 다가온다.

그리고 얼마 후 예수님이 십자가에 못 박혀 돌아가신 뒤 사흘 만에 부활하신 부활절이 되었다. 주님께서 죽음의 어둠을 뚫고 부활하신 거룩한 밤이다. 부활하신 주님 스스로 빛이 되시어 죄와 죽음의 어둠 속에 갇혀 있는 세상을 비추어 주셨다.

부활하신 주님의 은총이 누구보다도 어렵고 힘든 처지에 있는 사람들에게 가득 내리시길 기원하는 기도를 했다. 지금 우리 사회는 그 어느 때보다 부활하신 주님의 빛과 은총이 필요할 때라고 생각한다. 제자들이 주님의 수난과 죽음으로 어둠과 혼란에 쌓여 있었듯이 현재 우리 사회가 안팎으로 어려운 시기를 보내고 있기 때문이다. 부활하신 주님께서 빛으로 오시어 어둠을 이기고 혼란을 극복할 수 있게 해 주시기를 간청했다.

인간을 위해 십자가에서 무참하게 죽으신 예수 그리스도께서는 사흘 만에 부활하셨다. 예수님의 부활은 우리 신앙의 핵심이며 우리가 전하는 복음의 시작이다. 그리스도의 부활은 죄와 죽음의 어둠 속에서 살아가야 하는 우리에게 새로운 삶에 대한 용기와 희망을 전해 준다. 제자들의 배반을 아시고도 예수님은 제자들을 계속 사랑하셨다. 그리고 부활하여 두려움에 떨고 있는 제자들에게 나타나 평화가 너희와 함께하는 메시지를 전해 주셨다.

부활하신 주님께 빛을 청하기에 앞서 우리는 잘못을 뉘우치고 용서를 청해야 할 것이다. 왜냐하면 현재 우리 사회의 어둠과 혼란의 원인은 우리 자신에게 있기 때문이다. 경쟁 일변도의 사회 속에서 많은 이들이 자기 욕심 때문에 사람을 소중하게 여기지 않았고 특히 약한 이들을 함부로 대했다.

오랫동안 상처로 억눌려 있던 이들이 억울함을 호소하며 목소리를 내고 있었다는 것이다. 그들의 아픔을 우리의 아픔으로 받아들이면서 함께 치유의 길을 찾아가야 한다. 더 이상 어둠 속에 머물지 말고 믿음 안에서 희망과 사랑의 빛이 세상을 향해 비추도록 노력해야 한다.

따뜻한 햇볕이 온 누리에 비추이는 화사한 봄날이 펼쳐진다. 봄에 피는 꽃들이 시기에 맞추어 무더기로 피어난다. 올해에도 가장 짧은 시간에 피었다지는 벚꽃이 목련과 같이 피었다. 연분홍 꽃잎이 활짝 피었다는 윤중로에서 남자친구와 만나기로 했다. 이렇게 좋은 꽃구경 가자고 친구 미연이를 먼저 만나 저 다리 옆에 걸어갔을 때였다.

오빠를 보았는데 그 옆 따라온 사람도 있었다. 따라온 사람끼리 한눈에 반해 버렸다.

"회사 선배 김연우예요."

"내 친구 이미연도 따라왔는데 선배가 싱글벙글 좋아해요."

"우리도 만남을 가져 봅시다. 이미연 씨."

내 친구 미연이도 편안한 얼굴로 싫지 않고 호감이 간 것 같았다.

"그렇게 할까요?"

오후 내내 같이 다니면서 대화를 했다. 서로 통하는 점이 있어서 처음 만났는데도 아주 가까워졌다. 넷이서 같이 저녁도 먹었다.

즐거운 시간을 보내고 버스를 타고 내리는 역이 가까웠을 때였다.

"우리 둘이 따로 만나서 데이트를 즐깁시다. 전화번호 찍어 주세요."

"잘가요. 또 만납시다."

"혜성 씨와 연우 씨가 같은 방향이에요. 우리는 여기서 내려요."

"지아 씨, 전화할게. 잘 가."

나는 미연이와 걸어서 카페에 들어가 커피를 마시면서 여러 가지를 물어보며 대화를 했다. 사귀자고 하면 긍정적으로 생각해 보고 결정하겠다는 등 유쾌한 하루를 잘 보내고 집으로 귀가하는 발걸음이 가벼웠다.

꽃들이 피었다 지는 그 자리에 녹색 이파리가 돋아 나온다. 눈을 아름답게 만드는 녹색의 색깔이 가장 이쁘게 보일 때가 지금이다. 정서를 맑게 안전감이 들도록 만들어 주는 색상이 엷은 초록이다. 꽃피는 사월의 봄 가슴속 깊은 곳에 추억으로 오래 간직하고 싶다. 꽃바람이 불어와 향기가 피어나는 일상이 흥미롭게 전개된다. 아파트 화단에도 진달래가 곱게 피었다.

그런데 이곳에는 나비와 벌이 보이지 않았다. 콘크리트로 지어진 곳에서 볼 수 없는 나비와 벌이 공원에서는 마음대로 날아다니는 모습이 신기하고 좋았다.

우리는 쌍쌍이 자주 만나 데이트를 즐기면서 재미있게 보냈다. 이 달에는 병원 실습이 마무리가 되고 예상 문제집 풀이를 하게 된다. 즐기면서 공부를 하니까 지루하지 않고 열심히 집중이 잘되었다. 미연이가 호텔에 다니는데 동네가 같아서 퇴근 후 만나 떡볶이를 먹은 후 카페에서 커피 한 잔씩 나누고 있었다.

"우리 몇 번 만나고 이제는 사귀는 사이로 발전했다."

"그래? 잘했어. 보라도 남자 사귀는가 봐. 설비사에 다닌대."

"잘됐다. 날씨도 좋은데 커플끼리 만나. 나들이 가면 좋겠다."

"그래. 서로 시간 맞추어 생각해 보자."

"병원 실습 끝났니? 홀가분하겠다."

"힘든 일은 다 해냈어. 이제 국가고시를 위해 문제 풀이를 해야 돼."

"너는 원래 한다면 하는 성격이니까 결과를 좋게 나오겠지."

여러 가지 이야기를 나누다가 카페에서 나와 집으로 돌아간다. 밤공기가 맑아 기분이 좋아졌다.

문 앞을 가려면 성당을 지나가야 하는데 오늘도 성모상 앞에서 성호를 긋고 잠시 기도를 한다.

'사랑하는 사람을 만나게 해 주셔서 감사합니다. 아침에 일어나면 기도로 시작하고 저녁에 잠들기 전 기도로 하루를 마무리 할 수 있도록 은총 내려주시고 항상 꿈을 갖고 매사에 긍정적인 사고와 적극적인 성격의 소유자로 사회생활 잘할 수 있도록 이끌어 주세요.'라고 잠시 묵상했다.

짙어 가는 녹색 이파리에 아침 이슬이 대롱대롱 매달려 찬란한 햇살에 오색 빛깔이 부서져 빛이 난다. 알맞은 기온에 반팔 차림의 옷을 입을 수 있을 만큼 봄이 잠시 왔다가 초여름이 되려는 듯 요즘 날씨는 알 수가 없다. '푸른 산은 아름답구나.' 관악산이 멀리서 손짓한다. 산에 오르라는 신호이다. 오늘따라 시야가 맑아서 가까이 보인다.

시원한 바람이 영혼을 맑게 세례하듯 불어와 피부에 닿는다.

언제나 이맘때면 넝쿨 장미가 피어나 아파트 담장에서 환하게 웃는 모습을 감상할 수 있었다. 하늘은 맑고 청명하게 온 누리를 비추는 따가운 햇볕 사이로 비둘기 떼가 무더기로 날아간다. 그 위로 뭉게구름이 두둥실 떠다닌다. 맑은 날씨가 계속 이어지기는 하지만 비가 올 것도 같은데 좀처럼 비는 내리지 않는다.

점심을 먹은 뒤 오수의 잠이 쏟아진다. 바쁜 하루 일과가 끝나고 내일을 위해 휴식의 잠을 곤하게 잔다.

우리는 아름다운 봄날이 가기 전에 봄나들이 가자는 말이 나왔다. 집에서 간단하게 먹을 수 있는 점심을 싸가지고 가까운 공원에서 좋은 시간을 보내고 오자는 의견이 같았다.

우선 시장을 보고 김밥을 싼 김에 미연이네 커플까지 먹을 수 있게 넉넉한 재료를 사서 우리 자매는 아침부터 일어나 분주하게 준비하는 것이 즐겁고 재미있었다.

돗자리 예쁜 도시락을 들고 버스 정류장에서 만나 한 코스 거리에 있는 공원으로 걸어갔다. 남자들은 도시락을 받아서 이야기하면서 공원 입구에 들어섰다.

"나무가 많아. 공기부터 다르다. 지아야, 안 그렇니?"

"그래. 오빠, 사람들이 많이 왔다. 운동하는 사람도 있고."

공원을 한 바퀴 돌고 난 뒤 놀이터 옆 나무 밑에 돗자리를 깔고 모두 앉았다. 서로 마주보며 웃었다.

이렇게 단체로 야유회 나오는 것은 처음이었다. 울창하게 우거진 짙은 녹색으로 둘러싸여 싱그러운 냄새가 존재하는 곳이다. 사랑하는 사람끼리 짝이 되어 데이트를 하는 장면이 자연스러웠다. 기분이 좋아지는 훈풍이 불어와 덥지도 않고 춥지도 않은 봄날이 우리의 앞날을 긍정적인 생각으로 축하해 주는 것 같았다. 연못 안에서는 음악에 맞추어 물을 내뿜으며 춤을 추는 분수가 시선을 끌어서 한참 바라본다. 운동 삼아 주위를 몇 바퀴 돌아보며 짙은 녹색 안에서 마음껏 맑은 공기를 마셔 본다. 기분이 상쾌해진다.

점심시간이 되어서 자리에 빙 둘러 앉았다. 먹음직스런 음식을 펴놓고 나무젓가락으로 한 입씩 먹기 시작했다.

"누구 솜씨야? 경아, 너가 쌌니?"

"김밥 맛있어. 경아 언니 솜씨가 좋아. 나는 과일을 깎아서 담고."

"얻어먹으니까 더 맛있다."

"물 한 컵 따라 줘. 오빠."

"그래. 체하지 않게 꼭꼭 씹어서 먹어."

"경치도 좋고 봄날이 눈부셔 햇살이 따가워."

"커피가 헤이즐넛이야. 종이컵에 붓고 뜨거운 물 부어서 마셔."

"향기가 좋다. 이 시간을 잊을 수 없을 거야. 이렇게 사귀다가 때가 되면 결혼에 골인하는 거야."

"모두 우리가 바라는 거다. 선배."

일상에서 받은 스트레스를 한 방에 날려 보냈다.

핸드폰에서 나온 음악을 따라 부르기도 하면서 젊은 한 때를 자유와 멋, 낭만으로 채웠다. 우리는 가지고 있는 것은 아무것도 없고 다만 젊다는 것에 인생을 지혜롭게 설계하는 데 한밑천 되는 것이라고 생각하면 세상 이겨 나가는 것이 두렵지가 않았다.

하루 종일 놀다가 공원과 이어지는 야산 깊은 곳에 옛날에는 옹달샘이 있었다는 곳인데 약수 수질 검사를 해서 시민들이 물을 받아 마시기도 하고 길러 가기도 하는 서울 시내에서 찾아보기 힘든 오염되지 않은 환경을 유지하고 있었다.

우리는 이곳 벤치에 앉아서 산새들의 노랫소리를 감상하고 있었다. 다람쥐가 먹이를 찾아 이곳저곳 돌아다니는 모습도 보였다. 약수를 받아서 돌아가며 한 모금씩 마시는 물맛이 시원했다. 울창한 숲에 가려 햇볕이 반사되어 온화한 빛이 존재했었다. 시민들도 오고 가는 약수터를 뒤로 하고 나란히 산에서 내려와 커피 한 잔씩 마시자며 카페로 향했다.

10. 여행

우리가 누군가를 사랑하게 되면 그 사람과 있는 시간은 한 시간도 안 된다고 느껴질 것이다. 누군가를 열심히 사랑하고 있다면 그 사람은 행복한 사람이다. 사랑의 생명력은 죽음도 불사하는 위대한 용기와 힘까지 지니게 된다. 이처럼 사랑은 위대한 신비이다. 하느님께서는 우리 인간을 사랑하신다. 하느님께서는 우리 인간을 위하여 당신의 외아들을 구세주로 보내 주셨다. 우리의 죗값으로 당신의 사랑하는 외아들을 십자가의 제물이 되게 하셨다.

"내가 내 아버지의 계명을 지켜 그분의 사랑 안에 머무르는 것처럼 너희도 내 계명을 지키면 내 사랑 안에 머무를 것이다."

서로 사랑한다는 것은 결코 무거운 짐이 아니라 우리 모두에게 행복과 평화를 가져다주는 기쁜 일이다. 우리들은 모두 주님을 믿고 따르는 제자들이다. 그러므로 우리는 그 길을 성실하게 가야만 한다. 예수님께서 말씀하셨듯이 그 길을 쉽지 않고 매우 어려운 일이다. 생활 속에서 모든 걸림돌을 극복하고 삶을 통해 믿음을 증거하려 해 보지만 결코 쉽지 않다.

사실 우리 주위에는 묵묵하게 자신의 삶 안에서 사랑을 증거하고 실천하는 사람들이 많이 있다고 생각한다. 우리의 사랑은 재물이나 능력이 아니라 진실한 마음과 믿음에서 이루어진다. 이 세상 어느 것보다 사랑의 계명이 소중하다는 것을 알고 그분이 요구하신 길을 충실히 따른다면 주님을 증거하는 참 제자가 될 수 있을 것이다. 우리부터 먼저 생명을 수호하고 존중하는 데 최선의 노력을 기울이고 우리들이 주님께서 마련해 주신 인간의 존엄성이 짓밟히지 않고 생명의 문화가 활짝 꽃피는 사회가 되도록 만들어야겠다고 생각해 보았다. 우리 사회가 고통받는 이웃을 외면하지 말고 어떠한 생명도 소외되거나 경시되어서는 안 된다. 그것은 예수 그리스도의 가장 기본적인 가르침이기 때문이다.

날씨는 덥지 않은데 오월이 갈 무렵이라 한낮에 무더울 때가 있었다. 젊은 날의 추억을 만들자 먼 훗날 돌아보면 '그때 우리가 그랬었지.' 하고 생각할 수 있도록 여행을 가자는 말을 꺼냈다.

먼저 엄마에게 허락을 받고 계획을 세우자고 하였다. 상큼한 오이냄새가 진동을 했다. 엄마는 오징어를 데쳐서 오이와 버무리며 다른 음식도 만들어서 식탁을 차렸다. 열어 놓은 베란다 창문을 통해 시원한 바람이 불어와 촉감을 부드럽게 했다.

식탁에 모여 앉아 밥을 먹었다.

"엄마. 삼 일 연휴 때 남자친구들하고 여행을 가려고 하는데."

"나도 같이 가는데요. 넷이서."

"같이 간다고? 건전하게 사귀면 반대할 이유가 없지."

"언제 어디서나 몸조심해야 된다. 얘들아."

"그럼요. 아빠, 그러면 허락한 것으로 알겠어요."

"걱정하지 말아요. 엄마 아빠, 우리 성인이잖아요."

"먹을 만하네요 많이 드세요. 여보."

점심을 먹은 뒤 커피도 한 잔씩 커피를 따르니 거실에 향기가 가득히 퍼져 이야기꽃이 피어났다.

아빠는 신문을 보신다. 엄마도 옆에서 뉴스 채널을 고정시켜 놓고 보고 계신다. 세상하고 소통하시는 모습이 보기 좋았다.

나는 가만히 집을 나와 성당 앞마당에 피어 있는 꽃들을 보고 있다. 만나기로 한 시간이 되지 않아서 잠깐 앉아 화사한 꽃향기에 취해 있었다. 햇볕을 가리는 곳에 의자가 놓여 있어 앉아 있는 사람들이 많았다. 병원 옆 정원이 성당 안까지 이어져 시민들이 쉬어 가는 쉼터이다. 좀처럼 볼 수 없는 나비가 날아와 꽃수술에 앉아서 달콤한 꿀을 따는 모습이 신기해서 한참 바라보았다. 성모상 뒤로 끝없는 하늘이 펼쳐졌다.

따가운 햇살 초여름의 건조한 날씨가 계속 이어진다. 옷차림은 모두 반팔을 입었고 아직은 더워지지 않았다 녹색은 더욱 짙은 색깔로 그림자가 생겨 햇볕을 가려 밑에 서 있으면 시원하다. 여름이 시작될 무렵 우리는 여행하기 위해서 펜션도 예약했다. 강이 있고 시골 마을이 있는 경치가 좋은 곳이라고 선전했었다.

전날 시장을 보기 위해 카페에서 만나기로 했다. 퇴근을 하고 미리 나와 있었다. 음식도 나오는 곳이라 시장기가 들었다.

"배고프니까 밥부터 먹자. 참치회 덮밥으로 시키자."

"그래요."

"부모님에게 허락받았다고? 우리 같은 청년을 보면 좋아하실 거야."

밥을 시켰더니 조금 있으니까 나왔다.

"밥을 먹은 뒤 아메리카노 네 잔이요. 다시 되죠?"

"네. 맛있게 드세요. 아메리카노도 준비하겠습니다."

우리는 카페를 나와 마트로 향했다. 카트를 끌고 필요한 물건을 골라서 담았다. 상추, 마늘, 오이, 고추, 깻잎, 컵라면, 햇반 등등 해먹기로 했다.

"삼겹살은 우리가 자주 가는 고깃집에서 사야 좋은 것을 살 수 있지."

"이 정도만 사고 계산하자."

줄을 서서 기다렸다가 결제하고 우리 집에 보관하기로 했다.

"내일 시간 맞추어 승용차 가지고 올게. 전화하면 나와."

"혜성아, 가자. 자매들, 내일 봐요."

우리가 들어가는 것을 보고 남자들은 돌아갔다. 마음이 설레고 기분이 좋았다. 일상을 탈피하는 휴가.

밤이 으슥하도록 베란다에 나와 서울 시가지를 바라보고 있었다. 깜깜한 밤하늘에 별이 간혹 보이는 것이 날씨가 맑다는 것을 느낄 수가 있었다.

언니가 그만 자자고 나를 불러서 이불을 깔고 같이 누웠다. 이런저런 이야기를 나누다가 사르르 잠이 들었다. 간밤에 무슨 꿈을 꾸었는지 알 수 없을 정도로 깊은 잠에 빠졌다.

이튿날 아침 기분 좋은 바람 한줄기 창가에 앉아 잠을 깨운다. 오늘의 바람은 무사히 여행 갔다가 즐기고 스트레스를 한 방에 날려 보낸 뒤 일상으로 돌아올 수 있는 에너지 재충전하는 것으로 삼는다. 일어나서 단장을 하고 멋을 부린다.

모닝커피 한 잔씩 향기 음미하면서 마셨다. 조금 있으니까 내려오라는 전화가 와서 필요한 물건을 챙겨서 언니와 나누어 들고 버스 정류장에 서 있었다.

"야, 타라."

유리창을 열고 말을 하자 뒤쪽 문을 열고 올라탔다.

"좌석 하나 빈 곳에 물건을 놓으면 돼. 탔냐? 출발이다."

도심을 가로질러 달린다. 한참 달리다가 외곽지로 빠진다. 신나는 음악을 틀어 놓고 드라이브를 즐기는 짜릿한 이 기분 마음이 풍선처럼 들떠 있었다. 한참 달려서 도착한 곳이 강이 흐르고 옆에 사우나 온천도 있고 그곳 펜션이 우리가 묵을 숙소로 예약을 했었다.

짐 정리를 하고 시장기가 들어서 고기를 구워 점심을 먹자고 했다. 상추도 씻고 마늘, 고추 등 잘라서 준비를 한 뒤 철판에 고기를 얹어 놓았다. 가스불을 켜자 고기가 익어가는 냄새가 식욕을 돋우웠다. 푸짐한 음식을 마음껏 먹은 뒤 커피까지 타서 마셨다.

햇볕은 따갑지만 더워지지 않아 마을을 돌아보았더니 그림처럼 펼쳐진 시골

풍경이 푸근하고 좋았다.

조개보다 다슬기가 꽤 잡혀서 신기했다. 강물 속에 들어가 물장구 치고 물놀이도 재미있게 했었다. 한참 놀다 숙소에 들어가서 젖은 옷을 갈아입고 있다가 다시 나왔다. 해는 뉘엿뉘엿 저물어 간다.

우리는 강 옆에 있는 사우나 온천으로 돈을 내고 들어가 옷을 갈아입었다. 사우나에 땀을 빼기 위해 뜨거운 곳을 왔다 갔다 했다. 시원한 식혜, 구운 계란, 커피 등으로 수분으로 갈증이 해소되지 않지만 보충했다. 몇 시간 사우나 방에서 보내다 미역국에 밥을 먹었다. 여탕 남탕에 각각 들어가서 세속으로 얼룩진 묵은 때를 밀었다.

밤늦게 숙소로 돌아와 자매끼리 방을 같이 썼다. 우리는 이렇게 평생 잊지 못할 2박 3일의 여행을 하고 돌아왔었다.

무더운 날씨로 변하더니 남부 지방부터 장마가 시작된다. 이달 말부터는 중부 지방에도 장맛비가 주룩주룩 내린다.

습도가 높아져서 불쾌지수도 올라가 컨디션 조절하기 위해 친구 미연이를 만나 수다를 떨기도 한다. 시원한 카페에 앉아 아이스커피 한 잔씩 앞에 놓고 한 모금씩 마시면서 이야기를 하고 있었다.

"조금 있으면 휴가철인데."

"우리가 만나서 처음 맞는 자유시간인데 멋진 추억을 쌓고 싶어. 여행 가서 놀다 오면 좋겠는데."

"우리는 갔다 왔어. 국가고시가 가까워지는데 휴가 때에는 공부를 집중적으로 해야 될 것 같아서 좀 있으면 원서를 써야 한다고. 사진도 찍고 주민등록등본, 졸업증명서도 미리 내라고."

"그러면 우리 커플만 갔다 와야겠다. 언제 만나서 영화라도 보면 어떻게 생각하니?"

"그렇게 하자."

카페에서 더위를 식히면서 한참 있다가 밥 먹으러 가자고 밖으로 나오니 냉방장치를 한 곳과 하지 않는 곳이 너무 차이가 났다. 후덥지근한 날씨는 계속 이어졌다. 바람이 간혹 불지만 열기가 섞여 있어서 에어컨이 설치된 곳만 찾아다니면 견딜 수 있었다.

나는 학원이 끝나면 카페에 앉아서 커피 한 잔 시켜 놓고 공부하다가 때가 되면 저녁을 해결하고 집에 들어오곤 했었다.

드물지만 태풍이 불어와 집중호우로 비가 많이 오고 강한 바람이 불어와 잠깐 시원할 때도 있었지만 더위는 물러갈 기미가 보이지 않았다. 장마가 끝나면 찜통더위가 찾아올 것이다.

오늘은 친구들이 만나서 한동안 더위를 잊을 수 있는 무서운 영화 〈구미호〉를 보기 위해서 백화점 안의 시지브이 앞 햄버거 집에서 만나기로 했다. 자매가 먼저 도착했는데 시간 맞추어 세 커플이나 왔었다. 오랜만에 햄버거, 감자튀김, 콜라를 시키기 위해 회비를 걷었다.

"불고기 버거로 통일하자. 콜라는 리필할 수 있다."

혜성이 오빠는 선불을 내고 차례를 기다려 세트를 받아 왔다.

"자주 먹으면 안 좋은데 가끔 한 번씩 먹게 되면 미각을 즐겁게 하지."

"이런 곳이 있기 때문 여름이 견딜 만하다."

"겨울보다 여름이 나은 것 같아 활동할 수 있잖아."

"그래. 그런 것 같아. 겨울은 실내에서 많이 있게 되잖아. 언니."

시간이 될 때까지 말을 하면서 음식을 먹었다. 우리는 영화관에 가기 전 팝콘, 커피 등을 사가지고 앞에서 핸드폰에 저장되어 있는 표를 보이고 들어가 좌석에 앉았다. 무서운 장면이 나올 때마다 등골이 오싹해 함성이 절로 나왔다. 시각과 미각으로 스트레스를 풀고 두 시간 넘게 재미있게 보았다. 지루한 줄 모르게 영화가 끝나자 불이 켜지고 그곳에서 나왔다.

"얘들아, 어떻게 보았니?"

"좀 무서운데 재미있었어."

모두 한마디씩 자기가 본 소감을 말했다.

"좀 있다가 떡볶이, 순대 먹으러 가자."

"그래. 화장실 갔다 올 사람 갔다 와."

우리는 백화점을 돌아보며 눈으로 보기만 하는 쇼핑을 했다. 그리고 밖으로 나왔는데 더위는 참을 만해지고 무덤덤해졌다.

오늘 스케줄이 끝나고 집으로 돌아와 시원한 거실에서 잠시 누웠다. 서울에서 에어컨이 없어도 살 수 있는 집이 우리 아파트 남향이다.

휴가철이 지나갔다. 태양이 이글거리는 더위도 한낮에 대기 불안정으로 한 차례씩 내리는 소나기가 식혀 준다.

가을이 온다는 기미가 엿보이는 입추에도 소나기가 내리더니 이제는 더위가 물러날 것 같은 시원한 바람 한 줄기가 불어온다. 태양볕에 습도가 날아간 건조한 날씨가 되더니 더위의 기세는 한풀 꺾였다.

파란 하늘이 높기만 하고 눈이 시리도록 맑게 펼쳐진다. 창공을 나는 가장 작은 참새들은 누가 돌보지 않아도 잘 살아간다. 하물면 만물의 영장 사람들은 살려고 아등바등 발버둥치지 않아도 하느님께서 일용할 양식을 내려 주신다는 생각에 내가 새로운 직업을 구하는 것을 돌보아 주실 거라고 믿었다.

중부 지방에는 태풍이 불어오지도 않아 열매들이 많이 익어 가는데 많은 햇볕을 필요로 하고 있었다.

말복이 지나자 제법 시원한 바람이 불어왔다. 과일 익어 가는 단맛이 식욕을 자극하는 듯 잘 익은 알곡에 눈길이 갔다. 풍년이 들었다는 것을 느낄 수가 있었다. 이제는 아침저녁으로 불어오는 시원한 바람에 무더웠던 여름이 물러갈 기세가 똑똑하게 보였다. 밤에는 어디에선가 귀뚜라미가 찾아와 가을이 온다는 노랫소리에 다시 마음을 가다듬고 시험을 치루기 위해 온 힘을 쏟는다. 여름내 울어대던 매미들의 짝짓기도 끝이 났는지 들리지 않는다. 해가 질 때면 알맞은 온도가 여름내 지쳤던 심신에 활기를 불어넣어 주는 느낌 때문 기분이 상쾌해진다.

도심을 벗어나 한가한 시골길에 코스모스가 한 송이 두 송이 피어나 한들한들 흐느적거린다. 들녘은 황금물결이 일렁거리며 들꽃이 피어 은은한 향기가 가득 그 길을 거닐며 계절이 바뀌어 가는 모습을 감상한다.

빠른 곳은 누렇게 익은 벼를 기계로 왔다 갔다 탈곡까지 되어서 가마니에 담아 경운기로 나르면 쉽게 할 수 있다. 물론 농부들의 땀이 배어 있긴 하지만 예전보다는 수월해졌다는 시대의 변천사이기도 했다. 도시에서 자란 우리는 시골에서 일하는 모습을 보면 힘이 들겠다는 생각보다 곡식을 거둬들이는 풍요롭고 넉넉한 마음이 참으로 보람 있겠구나 하는 자유를 만끽할 수 있는 것이 부러웠다.

가을바람이 솔솔 불어오는 날 전국적으로 일시에 가까운 학교에서 시험을 치렀다. 간호조무사 인력이 부족하기 때문 아주 실력이 없는 사람을 배제하고는 거의가 모두 어느 점수만 넘으면 합격을 한다. 열악한 환경이지만 처음에는 힘든 부분만 이겨내 잘 적응하면 평생직장으로 몇 개 남지 않는 전문직 중의 하나이다.

아주 기분이 상쾌하고 시원했다. 이제 당분간은 자유시간이 주어졌다.

이번에는 혜성 씨와 둘이만 여행 가자고 했다 아름다운 섬 제주도 한라산 백록담을 구경하자고 준비를 했었다.

완전히 더운 열기가 가신 바람이 기분을 좋게 만드는 마력을 지니고 있는 듯 아름다운 가을날이 우리 앞에 펼쳐진다. 드넓은 하늘가 시야에 들어온 것은 울창하게 우거진 짙은 녹색이 선명하게 보인다. 아직 변화는 없었다. 바람 한 점이 베란다 창가에 앉아서 귓가에 소곤거린다. 자기를 만나 욕심을 버렸다. 왜냐하면 더 바라는 것은 죄가 되기 때문이다. 사랑을 위하여 소박한 삶을 선택하는 것은 나의 자유와 평화다.

우리는 살아가면서 이 정도만 누릴 것이다.

'오 신이시어 가을에는 기도하게 하소서. 이 아름다운 가을날 모국어로 많은 글을 읽고 시어를 낭독할 수 있는 맑은 눈을 주소서. 더욱 열매가 익어 갈 수 있도록 많은 태양볕과 해시계 위에 세례하듯 많은 바람을 놓아 현실을 직시할 수 있는 안목을 키워 주시어 잘 적응할 수 있는 힘을 주소서.'

시월 초 연휴가 많은 날 이른 아침 캐리어를 끌고 택시를 탔다. 제주도행 비행기를 타기 위해 김포 공항에 도착하였다.

혜성 오빠가 먼저 와서 기다리고 있었다.

"아직 시간이 있으니 모닝커피 한 잔씩 하자. 편의점에서 뽑아도 맛이 괜찮아 여기 앉아서 기다려."

"알았어요. 갔다 와요."

커피 향기를 맡으며 한 모금씩 마시는데 시간이 되어 간다고 방송을 한다. 신분증과 비행기 티켓을 보이고 통과되었다. 드디어 우리가 탄 비행기가 하늘을 날았다. 구름 위를 올라가 사방이 눈으로 덮인 듯 하얀 색으로 쌓여 있었다.

사뿐히 제주 비행기장에 내려왔다.

짐을 찾아서 끌고 렌트카를 운전하고 점심 먹을 수 있는 곳을 찾아서 만족한 밥을 사먹었다. 그리고 숙소를 가서 짐을 놓고 좀 쉬었다. 한라산은 내일 아침부터 등산하기로 하고 주위 부근의 관광지를 돌아보았다. 미리 선물도 저렴한 가격으로 사두었다.

다음 날 이른 아침 성판악으로 올라갔다가 백록담 관음사로 내려오는 한라산 성판악 코스로 등산했다. 병풍 모양의 바위 모습이 아름답게 다가온다. 산새가 싶은 만큼 풍경 또한 아름답다. 각종 암벽과 바위 그리고 산과 어우러지는 모습

116

은 한 폭의 풍경화를 준다. 그저 바라보는 것만으로도 즐거움을 준다.

아침은 든든히 먹었지만 점심때에는 음식과 따끈한 물, 커피를 사가지고 올라가서 산행하는 사람들끼리 모여서 먹었다. 한라산 백록담을 배경으로 사진을 서로 찍어 주기도 했다.

"저 백록담은 비가 많이 올 때는 물이 고이고 비가 오지 않을 때는 말라 있어서 아름다운 풍경을 구경할 수 있어 너무 좋다."

"우리는 언제 백두산에 가서 사진을 찍을 수 있을까? 천지는 항상 물이 고여서 흐르고 금강산 개마고원도 가보고 싶어."

"우리 시대 때에는 가볼 수 있을 거야. 지아야."

"그래? 좋은 날이 올 거야. 긍정적으로 생각하자."

"우리 내일도 한 번 더 오르자. 한 번으로서는 너무 아쉬워."

"좋아. 언제 또 올 수 있겠지만 내일 또 보자. 한라산."

점심도 먹었겠다 몇 시간 눈에 담아 두기 위해 정상에 멈추었다. 오는 사람 내려가는 사람 눈인사를 하고 산 밑에서 횟집으로 향했다. 맛있는 음식으로 미각을 사로잡아 마음껏 먹고 마셨다.

푹 잠을 잔 뒤 이튿날 왕복 네 시간. 오늘은 한 시간만 정상에서 쉬었다. 내려와서 캐리어는 싣고 다니기 때문 곧바로 렌트카를 반납하고 제주 비행기장에서 기다렸다가 시간 맞추어 비행기를 타고 서울로 돌아왔다. 한라산에서 보지 못했던 단풍이 북쪽에서 남쪽으로 서서히 물이 들기 시작했다.

시험을 본 지 한 달이 된 시월 중순이 되기 전 어느 날 열시에 핸드폰 인터넷으로 검색해서 확인한 결과 언니와 나는 무사히 간호조무사 국가고시에 나란히 합격했다. 지인들, 엄마, 아빠, 남자친구 등 모두 축하해 주었다. 이제 내 인생에서 한 고비는 넘겼는데 앞으로 나에게 펼쳐질 새로운 일에 잘 적응할 수 있는 용기와 도전을 필요로 하고 있었다. 세상은 단풍으로 울긋불긋 빨강 노랑 형형 색깔로 변해서 아름다운 탄성이 절로 나오는 미를 뽐내면서 사람들을 산으로 불러 모으고 구경하라는 것 같았다. 눈으로 보는 즐거움이 새록새록 거듭 새로움을 느끼게 된다.

우리는 벌써 만난 지 일 년이 되어 이벤트로 깜짝 놀라게 했다. 아름다운 산은 단풍으로 물이 들어 절정을 이룬다. 어느 사이 도심 속에도 나뭇가지 이파리가 여러 가지 색상으로 변해 있었다.

봄에 잎이 나서 짙은 녹색으로 뜨거운 여름을 보내다가 잠시 단풍이 들어 때가 되면 지는 자연의 순리에 새삼 고개가 숙연해지고 경건한 마음으로 자연적으로 하느님께 기도하게 된다. 오늘은 시간이 되어 성당 앞마당 벤치에 앉아서 성모상을 바라보며 감사 기도를 드린다. 지금까지 보살펴 주신 은혜를 생각하며 앞으로도 나의 하는 일 내가 가는 길에 함께해 주시고 도와주시기를 간곡히 간청하고 기도를 드린다.

따끈한 커피가 그리워 카페가 문을 닫아 옆 가게에서 뽑아왔다. 한 모금씩 마시며 우리의 미래에 대해서 생각해 보았다. 안정된 생활을 하기 위해서는 안정된 직업이 필수이다.

다음 주 월요일에는 학원 선생님을 만나 도움을 받아야겠다. 합격 후 처음에는 개인 병원에 필요한 사람을 연결해 주기 때문 기회가 오면 최선의 노력을 해서 인정을 받아야겠다고 생각했다.

살기 좋은 나라

11. 취업

　우리들의 쉬는 시간을 위로해 주는 유일한 것은 오락이다. 그렇지만 이것은 우리들의 비참 중에서도 가장 큰 비참이다. 왜냐하면 바로 이것이 우리들로 하여금 우리 자신을 생각하지 못하도록 방해하여 모르는 가운데 죽어 가도록 만들기 때문이다. 진정한 나를 만나는 과정에서 우리는 삶의 무료함이나 고통, 그리고 나에게 시시각각으로 다가오는 죽음의 두려움을 마주해야 한다. 하지만 이들을 직면하고 받아들이기란 여간 거북하고 우울한 일이 아니기에 우리는 이들을 회피하기 위해 끊임없이 일상의 소소한 자극에 눈을 돌린다.

　곧 갖가지 오락거리에 탐닉하거나 자신의 일에 기계적으로 몰두하며 마음을 분주하게 만들어 중요하지만 암울한 이런 주제들에로 마음이 기울어지는 것을 피하는 것이다. 이런 식으로 주변적인 것들에 몰두하여 삶의 무게를 회피하는 것이 그리 바람직한 것은 아니다. 마치 알코올 중독자가 자신을 괴롭히는 삶의 문제들을 적극적으로 해결하려 하기보다는 술에 의존하여 그저 잊어버리고 회피하려고만 하는 것이 결코 삶의 자세가 아니듯 말이다.

　바로 그렇기에 우리는 때때로 광야에 홀로 서야 한다. 광야는 메마르고 헐벗은 땅이다. 먼 길을 걸어가는 나그네의 마른 입술을 축여 줄 시냇물도 주린 배를 채워줄 식량도 없고 긴 여정의 지루함을 달래 줄 꽃 한 송이 피어 있지 않은 불모의 땅이 바로 광야이다. 이 황량한 광야에서 비로소 사람들은 벌거벗은 자신의 모습을 직면하게 된다. 배고픔과 목마름에 시달리며 자신이 얼마나 유혹에 약한 존재인지를 깨닫게 되고 헛된 교만에서 벗어나 자신의 유한함을 직시하며 흙에서 와서 흙으로 돌아갈 덧없는 삶의 의미를 생각해 보게 된다.

누군가에게는 그저 고통과 결핍의 땅인 이 광야가 누군가에게는 하느님을 직접 뵈옵는 은총의 장소가 되기도 한다. 이 광야가 꼭 특정한 장소일 필요는 없다. 삶의 여정 중 맞이하는 아득한 절망의 순간들 끝이 보이지 않는 고통의 상황들이 바로 우리에게 주어진 광야가 아닐까 결핍과 고통의 장소 세찬 유혹의 시간 하지만 두려워하지 않겠다. 나 홀로 버려진 듯한 그 절망의 땅으로 예수님께서 우리를 찾아오셨기 때문이다. 그분과 함께 하는 이 광야의 여정에서 우리는 진정한 나를 만나고 참 하느님을 뵐 수 있을 것이다.

나는 오늘 학원에 들러 선생님의 소개장과 이력서, 주민등록등본 등 필요한 서류를 가지고 거리가 조금 가까운 개인병원 치과에 가기 위해서 버스를 탔다. 몇 코스를 가서 내리자 치과가 눈에 들어왔다. 조금 긴장이 되지만 문을 열고 들어가 마침 점심시간이라 소개장을 곧 내밀었더니 보고 원장실로 안내되었다.

"안녕하십니까? 원장님."

"이번에 시험을 보았다고요?"

"합격했습니다. 경력은 다른 분야이고요 처음입니다."

"추후 연락드리겠습니다."

얼떨결에 면접을 보았는데 느낌이 아닌 것 같았다.

'아 이런 거구나.' 그쪽에서 원할 것은 경력이 있는 사람이었다. 다음에는 자신감 있게 보여야겠다고 긍정적인 생각을 했다.

학원 선생님께 전화를 했다.

"그래요? 기회가 올 거예요. 걱정하지 말아요."

용기를 불어넣어 주셨다. 원하는 곳에서 연락 오기를 기다렸다.

알맞은 온도가 피부 닿아 촉감이 부드러워 견디기에는 한결 쉬웠다. 몸으로 부딪혀 슬기롭게 극복하자 안정을 찾았지만 긴장이 되어 신경이 곤두섰다. 그러나 기분이 꽤 괜찮아 즐기면서 대처했다.

이번에는 초보자를 뽑는다는 안내문을 보고 소개장을 새로 작성하여 주서서 면접을 보았다. 치과 원장 선생님이 마음에 드셨던지 월급 이야기를 꺼냈었다.

나는 배우는 입장이라 다른 사람이 보통 받는 금액으로 정해서 주시면 감사하겠다는 인사를 하고 그 자리에서 내일부터 출근할 수 있냐고 하서서 좋다는 말씀을 드렸다. 나는 드디어 취업을 정식으로 하게 되었다. 한두 달 수습 기관으로 하다가 잘 적응하면 일월부터 정직원이 된다면서 잘하라고 격려해 주셨다. 처음에는 소독부터 청소도 하고 세탁도 해야 된다는 말씀에 개의치 않았다. 누구나 하기 때문에 봉사하는 고운 마음으로 매사에 임해야겠다고 생각했다.

언니는 나와 다른 한방 병원 간호사로 취업이 되어 다니게 되었다. 밖은 낙엽이 한 잎 두 잎 떨어지는 낙엽철이 우리 곁에 다가왔다. 작년부터 공부를 해서 이직하기까지 순조롭게 일이 진행이 되어 새로운 일터를 찾아 잘 적응해 나갔다. 친구들도 안정된 직업을 갖고 현실에 만족하면서 긍정적으로 삶에 임하는 자세가 보기 좋았다.

전국의 단풍은 남부지방까지 절정을 이루고 먼저 단풍이 든 나뭇잎은 가지에서 떨어져 땅에 쌓여 갔었다.

그런데 올해의 봄 국회의원 총선 때부터 이화여대에서 학생들이 데모를 많이 했었다. 무엇 때문인지는 알 수 없었지만 텔레비전 뉴스에 자주 나와서 국민들이 많은 관심을 가지고 지켜보고 있었다.

우리는 잘 적응하기 위해 열심히 하는 일을 충실하게 했었다. 아침에 출근은 9시 30분까지 먼저 출근해서 준비를 하고 퇴근은 저녁 6시 7시 사이 손님들이 늦게까지 계실 경우에는 더 늦어질 수 있지만 대충 집에 오면 8시경이다.

데이트는 토요일 오후 주말 두 번 정도 만나 스트레스도 풀면서 즐긴다.

찬 바람이 불어와 낙엽이 우수수 떨어진다. 날씨가 을씨년스럽게 잿빛으로 흐려지는 것 같았다. 성당 마당에 예년처럼 낙엽이 떨어져 쌓였다. 퇴근길에 성당에 들러 마당을 걸어다닌다. 낙엽을 밟으며 바스락바스락 낙엽에서 소리가 난다.

성모상 앞에 들국화가 가득히 피어 향기가 날아다닌다 낙엽과 함께 가을이 가려는지 채비를 한다. 나뭇가지에 마지막 잎새가 바람에 떨어지지 않으려고 몸부림치는 모습이 밤 야경에 반사되어 비추인다.

이 낙엽 밟는 소리가 들리는가 하면 조용한 성당에 바람 소리만 윙윙 들리는 가운데 이리저리 돌아다니는 늦가을의 풍경을 차가운 밤하늘에 간혹 별들이 반짝반짝 비춘다. 별은 바라볼 수 있는 마음속의 여유 있는 삶 자유를 만끽한다.

하루의 일과가 끝나고 집에 돌아와 휴식을 취하고 있다. 잠자리에 들기 전 베란다 앞에 나와 야경을 바라보며 한눈에 서울 시가지가 눈에 들어와 아름답게 반짝인다.

오늘 하루도 무사히 보낼 수 있게 도와주신 하느님께 기도한다. 어지러운 세상에 살아남아 이렇게 일자리 주심을 감사했다. 이제 조용히 방에 들어와 언니 옆에 누워서 잠을 청했다. 곧바로 새근새근 잠이 들어 꿈나라로 여행을 떠났다.

온 나라 안은 어수선한 분위기에 토요일 밤 일요일 밤에는 광화문 광장 시청 앞에 온 국민들은 모여서 촛불 집회를 열었다.

모두 다 박근혜 대통령의 탄핵을 외쳤다.

엄마의 민주주의 문학은 반대하는 사람이 많아 언론에 나오지 못하고 있어서 그 모습을 지켜본 우리로서는 안타까운 면이었다. 그러나 '엄마 힘내세요.' 열심히 응원하고 아낌없이 뜨거운 박수를 보냈다.

"엄마는 꼭 해낼 거예요. 우리가 있잖아요."

우리는 토요일 남자친구를 만나 밥 먹고 커피 마신 뒤 시간이 되면 시청 앞에 촛불 집회에 참석하기 위해 나왔다. 한쪽에서 오뎅과 따끈한 국물을 마시고 있었다.

"경아 언니와 세연이 오빠도 나와 있을 거야. 조금 있다 찾아보자."

"사람들 많이 나왔다. 손에 초를 들고."

"이 일이 우리나라의 큰 문제야. 우리도 의사를 표시해야지."

무대가 마련이 되어 음악이 울려퍼지자 자연적으로 사람들 모여 들었다. 축제와 같은 분위기였다.

"경아, 세연 씨 여기에 있었어."

"너희 커플도 나왔네. 우리도 참석하고 싶어서."

"언니 갈 때 같이 가. 어디 가지 말고 붙어다니자."

"그래."

"이런 것은 처음인데 질서정연해. 우리 국민들도 선진 시민의식이 높은 것 같아. 누가 시키지도 않았는데 자발적으로."

"그럼. 우리가 당연히 해야 할 일들이야. 혜성아."

시간이 되어 많은 시민들이 모인 가운데 주최 측에서 나와 촛불이 켜지고 연설을 하면 함성이 청와대 뒤 북한산까지 울려퍼졌다. 이 집회가 무서운 것인지 죄를 지은 사람들의 심적 부담이 커져 견딜 수 없게 만들었다. 추운 겨우내 이렇게 촛불은 시청 앞 광화문 광장에서 타올랐다.

뜨거웠던 겨울이 가고 신선한 초봄이 새롭게 우리 곁에 왔다. 나뭇가지에는 새순이 움트기 위해 물이 오르고 있었다. 겨우내 얼었다 녹았다 반복했던 땅속에서는 생명을 잉태하기 위해 물과 양분 섭취를 계속하였다.

봄을 피우기 위하여 모두가 바쁘게 움직일 때 박근혜 대통령의 헌법재판소에서 판결이 나와 탄핵 인용 만장일치로 파면됐다. 모든 권력은 국민으로부터 나오고 국민의 명령이라는 것은 민주주의 정신이라고 판단한다.

전국은 대선 치루기 위해 바쁘게 일이 빠르게 돌아갔었다. 촛불 집회는 일단락되었고 국민들의 관심은 누가 대통령이 되는가에 쏠려 있었다.

봄의 꽃들이 차례대로 예년처럼 피어나기 시작하였다. 올해에는 세상이 더욱 새롭게 다가오고 있어서 기대가 되기도 했다. 엷은 초록의 빛깔은 우리의 꿈과 희망으로 미래의 선진복지 사회를 이루게 될 것이라는 확신이 되었다.

민주주의를 이루는 과정에서 진통 부작용이 따라와 고통을 겪었지만 결국 밝은 미래는 우리의 것이라는 참 진리에 고개가 숙연해졌다. 통일의 시대에는 우리가 중간쯤 그러나 젊기 때문 그 자유에 대해 책임과 의무를 다해야 된다는 대한민국 국민이기 때문 그에 따른 짐은 다 같이 져야 된다는 긍정적인 생각을 하고 있다.

선거 열풍이 후끈 달아올랐다. 나는 이제 사회인이고 투표권이 있기 때문 누구를 뽑아야 정치를 잘할 수 있는지 관심이 많아졌다. 60일 만에 장미가 필 무렵이라고 해서 장미 대선이라는 말을 했다. 꽃피는 봄날 전국이 떠들썩하게 선거 바람이 뜨거웠다.

우리는 직장에 충실하게 잘 다니고 데이트로 자주 하며 일상을 재미있게 잘 살아가고 있었다.

2017년 5월 9일 전국에서 대통령을 뽑기 위해 선거가 실시되었다. 뜻깊은 날이었다.

이날 저녁 문재인께서 다른 후보들보다 압도적으로 표를 많이 받아 당선이 확실하게 나왔다. 그다음 날 보궐 선거이기 때문 인수인계 기간 없이 국회 중앙 홀에서 간단하게 대통령 취임식을 하였다. 취임 연설은 쉬운 단문으로 귀에 속속 들어와 알기가 쉬워 소통할 수 있었다. 국민들이 모두 지켜보았다.

계절은 시원한 바람이 불어와 촉감이 부드러운 느낌으로 기분 좋은 초여름날이 연재된다. 더워지기 전 젊음을 즐긴다.

문재인 대통령은 미국으로 날아가 처음으로 트럼프 대통령을 만나 한미 정상 회담을 한다는 장면이 뉴스에 나왔다.

삼복더위가 있는 한여름의 땡볕에도 견딜 만했다. 주룩주룩 비가 내리는 장마철이 지나고 푹푹 찌는 더위도 그렇게 길지 않게 소나기도 자주 내려 예년보다 덥지 않았다. 우리 집이 남향이고 문만 열어 놓으면 복사열이 올라오지 않아서인지 퇴근하고 돌아오면 시원한 느낌이었다.

가을이 올 기미가 보이지 않았지만 입추가 지나고 며칠이 더 지나니 더위가 한풀 꺾여 제법 시원한 바람이 불었다. 처서가 지난 뒤 더운 열기가 가신다. 이제 가을이라는 신호이다. 성당 안에 가을꽃들이 무더기로 피어 꽃향기가 오고 가는 사람들의 후각을 자극해 그냥 지나치지 않고 성모상 앞까지 다가오게 한다. 그 많은 꽃들을 관리하라고 하시는 신부님은 임기를 마치고 발령을 받아 다른 본당으로 떠나셨다.

가을꽃들은 신부님이 떠나시며 마지막으로 남기고 가신 선물이었다. 문재인 대통령은 구월 유엔회의에 참석하셔서 연설하시는데 트럼프 대통령은 자리를 박차고 나가셨다. 한반도의 완전한 비핵화가 아직은 현실로 다가오지 않았을 때였다. 그러나 문재인 대통령은 연설을 마칠 때까지 세계 사람들에게 호소하는 최선의 노력하시는 모습에 뜨거운 박수를 보냈다. 하늘은 스스로 돕는 자를 도와주신다.

벌써 예년 이맘때 취직을 했는데 일 년이 훌쩍 지나간다. 긴 추석 연휴가 시작이 된다. '더도 말고 덜도 말고 한가위만 같아라.'라는 속담이 있듯이 삼백 육십오 일이 어찌 이날 같기만 하겠는가. 그러나 우리는 물가가 비싸지만 풍족한 생활을 할 수 있어서 하느님께 감사기도 드렸다.

드넓은 하늘가에 흰 구름이 두둥실 떠다니고 그 창공 아래 새들이 자유롭게 날아다니는 한 폭의 그림 같은 가을이 펼쳐진다. 코스모스 피어 있는 들과 짙은 녹색으로 채색이 된 산에 사는 새들의 노랫소리에 결실을 맺어 추수하는 모습이 연출이 된다. 넓은 들에는 기계화가 되어 누렇게 익은 벼를 기계가 왔다 갔다 하면 탈곡이 되어 포대에 알곡이 담아지고 볏짚은 내년 농사를 위해 걸음으로 쓰인다.

이때쯤이면 북쪽에 있는 산부터 차례대로 단풍이 아름답게 물이 들었다.

우리는 등산복을 입고 산에 오르는 사람들에 끼어서 산행을 한다. 일상에서 받은 스트레스를 한 방에 날려 보내기 위해 오빠와 같이 산에 오르고 있었다.

정상에 올라 목청껏 "야~호 야호 야호." 소리를 질러 기분이 전환되어 날아갈 것 같은 느낌이었다.

달달한 믹스커피를 종이컵에 넣고 뜨거운 물을 부었다. 커피 향기가 퍼져 후각과 미각으로 한 모금씩 마셔 본다.

단풍이 빨리든 나뭇가지 잎새들은 낙엽으로 변해 하나둘 떨어진다. 낙엽의 향기를 담고 일상으로 돌아와 열심히 살아가고 있다. 비가 내린 뒤 온도가 영하 5도로 떨어지자 나뭇가지에 붙어 있던 낙엽이 우수수 떨어진다. 낙엽 지는 계절에 짝 찢어진 청바지에 군청색 바바리를 입고 주머니에 손을 넣고 외출을 한다.

나는 예년에도 그랬던 것처럼 올해에도 종로거리를 거닐다가 대형 서점에 들러 제목을 보고 좋아하는 책을 사러 다닌다. 요즈음에는 작가인 엄마 책이 봄부터 나와 날개 돋친 듯 팔리는 장면도 볼 수 있어 신기하고 재미있게 지켜보고 있다. 엄마는 한 달 전 세종문화대상을 받게 된다고 연락을 받고 우리 가족이 모두 좋아서 축하해 주는 분위기이다.

성당에 아시는 분이 추천을 해서 심사에 통과했다고 미리 통보해 주서서 기다리고 있었다.

만추의 서정을 감상하다 겨울의 문턱을 넘어서자 거세게 바람이 분다.

드디어 2017년 12월 17일 밤 엄마는 세종 문화 회관에서 국민 MC 송해 사회가 주는 가장 좋은 상 세종 문화 대상을 받았다. 문학의 길을 걷는데 18년 만에 받은 상을 가슴에 앓고 환하게 웃는 엄마가 자랑스러웠다.

우리가 태어나기 전 민주화 운동권이었던 엄마의 시대 부모세대들은 우리나라를 선진국으로 올라가는데 건설 현장에서 고생을 많이 하시고 제2의 한강의 기적을 만들어 낸 장본인들이었다. 나는 앞으로 엄마의 시대 사람들을 대표해서 살기 좋은 나라를 만드는 데 중요한 역할을 하신 분으로 인정을 하고 엄마의 편지가 좋아서 4편을 소개할까 하고 생각한다.

문재인 대통령님께.

안녕하십니까? 문재인 대통령님.

지난겨울 뜨겁게 달아올랐던 촛불 집회의 힘을 얻어 새 대통령님이 되신 문재인 대통령님 가슴 뭉클한 순간이 아름답게 느껴지는 한 해였습니다.

저는 민주주의와 세계 평화통일 정치소설과 멜로 로맨스를 연결시켜 재미있게 쓴 저의 작품 세권의 소설책이 나와 독자분들과 사회 국민들의 사랑을 받고 세종 문화회관에서 우리 것 보존 진흥협회의 총재 국민 MC 송해 사회가 주는 세종 문화 대상을 받았습니다.

너무나 큰 감동을 받고 지금까지 살아온 삶을 거울삼아 저의 발전의 발판이 된 더 큰 소설 작가로 거듭 태어난 이 기쁨으로 문재인 대통령님께 다시 팬을 들었습니다.

저는 소원이 있습니다.

한미 FTA 한류분야를 말하면 고 노무현 대통령님을 빼놓을 수가 없습니다.

고 노무현 대통령님이 한미 FTA 한류분야 비준에 넣어 거의 다 해 주셨지만 아직 이행완료가 되지 않은 이 부분을 이번 한미 FTA 개정 협상에 지적 재산권 서비스 관세 철폐가 들어가서 세계 유일한 분단국 민주주의 세계 평화 통일 교육을 위한 이야기로 쓰일 수 있도록 도와주신다면 대단히 감사하겠습니다.

문재인 대통령님, 도와주십시오. 이 판권으로 선진국 복지 사회 건설로 환원해 드리겠습니다.

번역은 서울시 강남구 삼성동에 있는 〈한국 문학 번역원〉에서 번역하고 출판까지 해서 수출할 수 있는 방법이 문화 체육 관광부에 소속되어 있습니다.

문재인 대통령님께서 하시고자 하는 긍정적인 생각을 가지고 계신다면 저의 꿈은 현실로 이루어질 수 있다는 생각으로 올해의 한 해가 참으로 아름다웠습니다.

대망의 새해에도 국민들의 염원과 저의 꿈과 희망이 이루어져 행복한 날이 이어지도록 최선의 노력을 다하겠습니다.

저는 평생 후손들에게 정신적인 유산을 물려주기 위해서 작품을 쓰겠다는 약속을 해 드릴 수가 있습니다.

2018년에는 선진국 복지 사회 건설에 일조하고 싶은 소망을 꼭 이루고 싶습니다.

대단히 감사합니다.

그럼 안녕히 계십시오.

다사다난했던 한 해가 저물어 간다. 너무나 많은 일들이 일어나서 대한민국은 변화되고 있었다.

대망의 새해가 밝아 축복이 하늘에서 우리 국민들에게 내려오는 느낌이 좋은 무술년 개해가 되었다. 얼마 전까지만 해도 미사일을 쏘던 북한 김정은 국무위원장의 신년사 연설이 부정적인 말들이 완전히 없어지고 긍정적인 말로 완전히 바뀌어서 남북 관계가 좋아질 것이라는 예감으로 모든 일들이 긴밀하게 이루어지고 있었다. 우리나라 국민들 세계인들이 모두 지켜보고 긴장을 늦추지 않고 있었다.

살기 좋은 나라

12. 살기 좋은 나라

사람은 누군가를 사랑하면 자신의 사랑을 어떻게든 표현하려고 한다. 꽃다발 선물 식사를 통해 상대방에게 사랑의 마음을 드러낸다.

예수님도 제자들을 극진히 사랑하셨고 그 사랑을 표현하셨다. 제자들과 이별을 앞두고는 특별한 방식으로 빵과 포도주의 형상에 당신의 사랑 곧 당신의 자신을 담아 주신 것이다. 예수님은 최후의 만찬 중에 빵을 떼어주시면서 '받아라 이는 내 몸이다.'라고 말씀하신다. 또 포도주 잔을 건네시면서 '이는 많은 사람을 위하여 흘리는 내 계약의 피다.'라고 말씀하신다. 예수님은 십자가에서 당신 몸이 못 박혀 빵처럼 찢겨지고 붉은 포도주 같은 피를 흘릴 것임을 알려 주신 것이다.

부모가 자식을 낳아 기르면서 자신의 모든 것을 바치듯이 예수님도 우리를 위해 당신의 몸과 피 곧 당신 자신을 몽땅 내어놓으신 것이다.

인간의 사랑은 자신이라는 울타리에 갇히기 쉽지만 예수님의 사랑은 자신의 울타리를 넘어선 사랑 자신을 내어놓는 희생과 헌신의 사랑이라고 생각한다. 이런 사랑만이 사람을 키우고 치유하며 구원할 수 있다. 예수님은 십자가에서 보여 주신 희생과 헌신의 열매를 선물로 우리에게 주셨다. 즉 죄인들의 구원을 위해 당신 자신을 바치신 예수님 덕분에 우리에게도 용서와 자비가 가능하게 되었다.

죽음을 이기고 부활하신 예수님 덕분에 우리는 죽음의 두려움을 넘어 영원한 생명에 대한 희망을 간직할 수 있게 되었다.

예수님은 십자가에 죽고 부활하심으로써 죄와 죽음의 세력을 이기셨고 그 덕분에 우리는 약속된 영원한 상속을 받게 된 것이다. 큰 사랑을 받은 사람은 작은 사랑이어도 베풀어야 한다.

미사 때마다 당신 자신을 온전히 바치신 예수님을 모시면서 정작 우리 자신은 작은 희생조차 꺼린다면 위선자가 아닐 수 없다고 추운 겨울날 예수님의 사랑을 가만히 묵상에 잠겨 생각해 보았다. 온 나라 안은 축제가 열려 세계 선수들은 평창으로 몰려오기 시작했다.

날씨는 영하 십 몇 도로 떨어져 매우 추운 겨울인데 모두 국민들의 얼굴에는 즐거운 표정으로 서로 덕담을 주고받는 인사를 한다.

세계의 이목은 서울과 평창으로 향하고 있었다. 정치권에서도 분위기가 술렁거리고 북한 여성 현송월의 일행이 철로를 이용해서 열차를 타고 제일 먼저 방문을 했다. 2018년 2월 동계평창올림픽을 계기로 새로운 시대가 열릴 것이라는 국내와 세계에 보내는 긍정적인 메시지가 하늘에서부터 온 누리에 내리비추는 첫 신호였다.

그리고 김정은 국무위원장 여동생 김여정이 김영철과 개회식 때쯤 내려와서 김정은 친서를 가지고 청와대 문재인 대통령을 처음으로 방문하여 환영을 받았다. 추우에 남북 정상회담, 북미정상회담으로 이어지는 친서 편지 정치가 시작이 되어서 세계가 깜짝 놀라 지켜보았다. 평창 올림픽 개회식 전야제 축제의 밤 한반도 기를 같이 들고 나란히 남과 북이 입장하는 모습을 세계인들의 축하와 우레와 뜨거운 박수를 받았다. 축제 기간 내내 북한선수와 남한 선수가 세계인들의 관심을 받으며 어디를 가나 화젯거리였고 뜻깊은 환영 환대를 받아 좋은 관계로 발전하는 계기가 되어 보기가 좋았다.

나는 시간이 나면 빙판 위에서 하는 경기를 지켜보면서 열심히 응원을 했다. 너무나 아름다운 경기를 마음껏 관람하고 즐기는 세계 평화를 위해서 세계가 하나로 뭉치는 겨울 스포츠에 많은 박수를 보냈다. 추위도 추위를 잊어버리고 경기

130

장에 모이는 국민들이 목이 터져라 응원하는 모습은 생생하게 들려와 평생 잊을 수 없는 세월이 흐른 뒤에도 화젯거리로 우리의 가슴 속에 남아 있을 것 같았다. 너무나 감명 깊은 경기들의 장면들이 한편의 드라마를 연출하는 예술 작품을 감상하는 것 같아 볼수록 신이 났었다.

제일 재미있었던 경기는 컬링이었다. 빙판 위에서 체로 문대어 길을 내어 원 안에 있는 컬링을 원하는 대로 맞추어 점수를 따내는 경기인데 동계 올림픽 경기로 선택된 지 얼마 안 되었는데도 인기가 좋은 종목이었다. 잘하라는 응원이 '영미~'라는 이름을 불러 국민들이 모두 문댈 수 있는 물건을 가지고 재미있게 이름을 부르면서 따라서 문댔다.

피겨 스케이팅도 김연아 뒤를 이은 후배들이 나왔다. 아직 실력은 메달이 나오지 못했지만 열심히 하는 모습에 많은 박수를 보냈다.

모든 선수들이 그동안 닦았던 재주를 마음껏 펼쳐 보이는 용기에 잘했다. 수고 많이 하셨다며 덕담을 나누고 있었다.

이번에는 폐막식 전 미국 선수들을 격려하며 응원하기 위하여 트럼프 대통령의 딸 이방카가 방한을 하여 역시 청와대 문재인 대통령님을 만나 극진한 환영을 받았다.

폐막식에 자리를 같이한 고객들은 문재인 대통령님이 북한과 미국의 중재자 역할이 필요하다고 세계인들이 다 공감하는 분위기로 앞으로 좋은 일들이 펼쳐질 것이라는 긍정적인 생각으로 가득했다. 그 매서운 칼날 같은 추위가 평창 올림픽이 끝나니까 물러가고 갑자기 따뜻하고 포근한 봄 날씨로 바뀌어서 신기했었다.

아우리는 이 아름다운 봄날 국민소득 3만 달러 선진국으로 입문하는 신고식을 아름다운 평창 올림픽 세계 무대에서 치러 냈구나.

나는 어엿한 사회인이고 우리 국민 모두 민감한 현재의 실정이라 관심을 두고 보고 있다. 역시 우리 부모세대들이 우리나라를 이끌고 가는 경제의 중심에 있는 터라 엄마의 편지 두 번째를 소개한다. 민주주의 세계 평화 통일의 선구자 역할 하시는 건설적인 편지가 감동적이어서 여기에 적어 볼까 한다.

문재인 대통령님께.

안녕하십니까? 문재인 대통령님.

민주주의 꽃이 만발한 선진국의 봄을 맞이해서 분열과 갈등을 넘어 화해와 평화로 가는 길목에 서서 저의 소망을 적어 봅니다.

지난겨울은 추워도 추운 줄 모를 만큼 따뜻한 계절이었습니다.

세계인들이 지켜보는 가운데 평창올림픽이 성공적으로 개최되어서 매우 기쁜 마음으로 남한과 북한이 하나로 뭉칠 수 있어서 보기 좋았습니다.

민주주의 문화의 꽃을 피우기 시작한 선진국으로 입문하기까지 우리 국민들의 피와 땀 흘린 노고에 머리 숙여 깊이 감사하는 마음으로 또 문재인 대통령님께 팬을 들었습니다.

우리나라가 광복 73년이 되었는데 1945년부터 1987년까지는 전쟁을 겪고 아프리카처럼 제일 못 사는 나라 후진국 개발도상국가였다면 1988년에 중진국 신흥국에 들어가면서 서울 하계 올림픽을 개최하였고 완전한 중진국이 되었을 때 2002년 한일 월드컵을 개최하였습니다.

그로부터 16년 더 발전하여 국민 소득 3만 달러 선진국으로 올라가면서 2018년 2월 평창 동계올림픽 평화의 축제를 개최한 우리나라는 선진국이라고 하면서 잘산 사람은 못산 사람은 너무 못사는 빈부의 격차가 너무나 벌어져 심각한 사회 문제로 대두되고 있습니다.

문재인 대통령님께서는 이런 문제 즉 삶의 질을 높이고 골고루 혜택을 볼 수 있게 한 정책을 잘 정착하여 성공한 대통령님이 되시길 바랍니다.

이제 우리 국민 소득 4만 달러가 넘으면 자연스럽게 통일할 수 있는 말이 오고 가야 되지 않겠습니까.

통일을 생각하면 문재인 대통령님께서 다시 새롭게 시작하고 김정은 이를 상대할 사람은 여성이 아니라 남성이 되어야 한다고 생각합니다.

통일을 이끌고 갈 지도자는 누구인가 책임을 맡아서 할 사람을 국민들이 잘 뽑아야 한다고 생각합니다.

저는 세계 평화 통일 문학을 맡아서 도와 드리겠습니다.

나뭇가지에는 새싹을 움트기 위해 물이 오르고 활기찬 생명력이 흘러넘치면서 새롭게 하소서.

저는 1989년 12월 31일 자정 독일의 베를린 장벽이 무너지는 장면을 생각해 보고 제가 잘할 수 있는 글쓰기에 대성공하면서 통일의 선구자가 되어 나라발전에 힘쓰겠다는 마음으로 새롭게 시작하게 됩니다.

서독과 동독이었던 통일이 된 독일을 생각하면 과거 소련의 공산당이 무너지고서 기회가 찾아와 미국과 소련을 잘 설득해서 흡수 통일로 통일을 완성한 뒤 부작용이 많이 따라왔으나 지금은 눈부신 발전을 한 것으로 알고 있습니다.

우리나라는 지금 당장 통일하자는 것이 아닙니다.

언제인가는 중국의 공산당도 무너질 것이라는 예감이 듭니다.

그리고 중국과 일본의 남중국해 문제가 해결이 되고 중국의 발전을 많이 하면 자연적으로 우리나라도 통일의 기회가 찾아올 것이라는 생각이 듭니다.

미국과 중국을 잘 설득하여 그날이 오면 북한의 지하자원을 중국과 미국에 이권이 넘어가지 않게 하려면 주도권을 잡기 위하여 대화를 하고 있어야 한다고 생각합니다.

민주주의 꽃이 만발한 선진국의 봄을 맞이해서 저의 꿈과 희망 이루고자 하는 모든 소망 저의 생애에 이루어 후손들에게 영광된 조국을 물려주는 것이 저의 삶의 가치관, 인생의 철학, 보람 있게 살다 간 그리고 내가 선택한 자유에 책임과 의무를 다하는 것이라고 생각합니다.

대단히 감사합니다. 그럼 안녕히 계십시오.

새로운 초록의 인생이 시작되는 새봄 싱그럽고 신선한 향기가 퍼져 나와 만나는 사람들마다 한반도에 좋은 봄날이 왔다고 모두 웃음꽃이 피어나 기뻐하는 모습으로 충만했다.

"혜성 오빠, 요즘 남북 관계가 변화되고 있는데 관심이 많아."

"그래. 갑자기 북한이 대화하자고 나오니까 진정성이 의심되기도 하는데 지켜보면 알겠지."

"이렇게 하다가 십 년이 지나면 통일이 되지 않을까 하고 생각해 보는데 가능할까."

"그러면 우리 국민들이 통일의 시대에 첫 주인이 되지 않을까."

우리는 이런저런 이야기를 나누면서 신기하기도 하고 재미도 있었다.

화사한 봄의 꽃들이 만개할 때 남과 북의 정상들은 콘크리트 군사 분계선 판문점 T2 T3 사이 길에서 뜨거운 악수를 하고 두 손을 마주 잡았다. 군복 입은 사람이 없었다. 2018년 4월 27일 11년 만에 손을 잡고 뜨거운 악수를 하는 장면에 세계 사람들은 관심 있게 지켜보고 우레와 같은 박수를 보냈다.

'평화 새로운 시작'에 화답하듯 '새로운 역사는 이제부터 평화의 시대 역사의 출발점에서' 김정은 이렇게 방명록에 썼다.

남과 북 철도 연결되면 초고속 철도 판문점은 이제 평화의 상징 우리 국민들에게 감명 깊었던 것은 처음 악수를 하고 '남측으로 넘어오시는데 언제나 넘어갈 수

살기 좋은 나라

있을까요?'

'그럼 지금 넘어갈까요?' 말에 10초 월경의 장면은 잊을 수 없었다. 문재인 대통령과 김정은 국무위원장은 평화 번영 출발점에서 통 크게 대화 나누고 합의에 이르렀다.

그리고 이어서 북미정상회담으로 연결이 되는 중재자 역할을 하는 문재인 대통령 정부의 성공이 되는 행운의 열쇠가 되었다.

북미 정상회담 날짜가 정해지고 위험한 순간도 있었다. 그런데 하루 만에 통일의 집에서 탁월한 지도력으로 제2차 남북 정상회담을 개최하여 위험한 순간을 극복하는 불씨를 살려내는 중요한 역할을 잘해내어 세계의 이목이 쏠려 많은 박수를 받았다.

드디어 2018년 6월 12일 싱가포르 카펠라 호텔(센토사섬)에서 두 정상이 만나 세기의 회담을 온 세계가 지켜보았다. 한반도의 비핵화를 위한 첫 걸음 평화를 위한 임무를 수행한다는 메시지가 김정은 국무위원장과 트럼프 대통령 회의에 담겨 있었다.

너무나 뜻깊은 만남이 이루어진 그다음 날 우리나라는 지방선거가 있었는데 여당이 전국에서 압도적으로 승리를 하였다.

그런 뒤 러시아 월드컵이 6월 7월 사이에 개최되어 세계가 축제 분위기에 들썩거렸다. 우리나라는 아쉽게도 16강에는 진출하지 못했다.

북미 정상회담은 처음이라 만났다는 데 의미를 두었고 별다른 진전이 없어 시간만 흘러갔다.

엄마는 좋은 글을 써 인터넷에 올리는데 바쁜 시간을 보내는 것을 지켜보다가 편지가 좋아서 마지막으로 세 편 네 편째 여기에서 소개하고 엄마 하는 일에 열심히 응원하였다.

문재인 대통령님께.

7월 16일에 끝난 러시아 월드컵 6월 독일전에서 우리나라 태극 전사들의 멋진 게임을 승리로 이끌었지만 16강에 진출하지 못한 아쉬움은 있지만 잘 싸워 주어서 무한한 박수를 보냈습니다.

저는 세계 유일한 분단국 민주주의 세계 평화 통일 교육을 위한 이야기로 소설 써 나가지만 아직 언론의 자유에 제약을 받고 있습니다.

문재인 대통령님께서 촛불 혁명으로 당선이 되셔서 대통령 취임식의 연설을 내용을 인용하자면 '기회는 평등할 것이다. 과정은 공정할 것이다. 결과는 정의로울 것이다.'라는 내용을 기억하고 있습니다.

지금까지 글쓰기하면서 곰곰이 생각해 보았지만 저의 언론의 자유가 풀리려면 여소야대이기 때문 저의 작품이 한미 FTA 개정 협상에 들어가야만 국회에서 개정 협상에 들어가야만 국회에서 통과할 수 있는 명분이 세워진다고 생각합니다.

문재인 대통령님의 남북 정상회담 싱가포르에서 북미 정상회담을 성공적으로 개최된 것은 문재인 대통령님의 탁월한 지도력에 의한 것으로 깊은 찬사를 보냅니다.

제가 민주주의 세계 평화 통일 문학을 맡아서 선구자 역할을 하면서 평생 작품을 승화하여 글쓰기를 하겠다는 약속을 해 드릴 수 있으니 저의 꿈과 희망을 현실로 이룰 수 있도록 도와주신다면 대단히 감사하겠습니다.

부디 성공한 대통령님이 되셔서 우리나라 역사에 또 세계사에 길이 이름이 남는 문재인 대통령님이 되실 것이라고 믿습니다.

대단히 감사합니다.

그럼 안녕히 계십시오.

문재인 대통령님께.

안녕하십니까? 문재인 대통령님.

너무나 작열했던 태양별도 계절이 바뀌면 물러나는 것이 자연의 섭리인 것 같습니다.

공원에 핀 한 송이 두 송이 피어나는 코스모스 키순대로 서서 하늘하늘 우주의 연가를 합창하는 모습을 감상하면서 가을에의 기도를 합니다.

오 신이시여, 가을에는 기도하게 하소서.

아름다운 모국어로 시를 읊고 자연스런 글을 쓸 수 있는 맑은 눈을 주소서.

비가 오지 않은 여름을 이기고 살아남는 강한 생명력 알곡이 익어 갈 수 있도록 남국의 햇볕을 더욱 내려 주시고 여름날의 해시계 위에 세례하듯 시원한 바람을 많이 놓아 주소서.

이 아름다운 가을날.

가정을 위해서 이웃을 위해서 사회를 위해서 국가를 위해서 더 나아가 세계 평화를 위해서 기도를 합니다.

모처럼 세계 평화를 위해서 기도를 합니다.

모처럼 세계 평화의 분위기가 조성이 되었는데 아슬아슬 깨지지 않게 유리 그릇 다루듯이 조심을 해서 대화를 통해 이어 갈 수 있게 신이시여 보살펴 주소서.

봄에 씨를 뿌려서 꽃이 피고 열매를 맺어 풍성한 가을을 맞이해서 추는 하는 기쁨을 만끽할 수 있도록 자유와 넉넉한 여유를 주소서

더도 말고 덜도 말고 한가위만 같아라.

우리 국민들의 살림살이도 '이제 살맛 난다 살아 볼 만하다'하고 덕담을 나누고 살 수 있도록 도와주소서.

문재인 대통령님.

우리나라의 큰 명절 추석과 미국의 땡스 기빙데이와 같다고 하지 않습니까.

민주주의란 경제적인 발전 위해 민주주의 꽃이 만발하게 피어 평화 통일을 이룬다는 큰 명분을 세워 각자 자기가 맡은 일에 충실히 한다면 철조망이 부서지고 남북이 서로 오고가는 웅장하게 통일의 시대가 올 것이라고 생각합니다.

문재인 대통령님께서 하시는 모든 일이 잘되기를 바라는 마음으로 성공을 위해서 두 손 모아 기도하겠습니다.

대단히 감사합니다.

결실의 계절 추석이 되기 전 우리나라는 공식 명칭 평양, 남북 정상회담 '평화 새로운 미래' 문재인 대통령은 2018년 9월 18일부터 20일까지 평양을 방문하여 제 3차 남북 정상회담을 성공적으로 개최하고 우리나라를 통하여 백두산 천지에 올라가서 기념사진을 찍기도 했다.

너무나 감명 깊은 장면이 공중파를 통하여 세계에 전달되었다. 그 후 미국에서는 11월 첫 번째 화요일 중간선거에서 하원은 민주당 상원은 공화당의 표를 받아 트럼프 대통령의 재선에서 승리할 가능성이 많아졌다.

나는 대한민국 국민으로서 국내와 세계가 지금 어떻게 돌아가는지 관심을 가지고 열심히 응원하면서 나의 일을 충실히 하고 있다.

한반도에 완전한 평화와 돌이킬 수 없는 비핵화로 가기 위한 많은 일들이 가만히 올 한 해를 돌아보니 일어났다. 그 일들은 너무나 어렵고 힘든 대장정의 길로 예전으로 돌아갈 수 없을 만큼 먼 길을 와서 지금은 다음을 위한 변화로 이끌기 위해 숨 고르기를 하고 있다고 생각이 된다.

살기 좋은 나라

급변하는 한반도 항구적인 평화 비핵화를 정착시키기 위해서 문재인 대통령님 올 한 해에도 수고 많이 하셨다. 문재인 대통령님의 온화한 성품에서 나오는 인자하고 다정스런 모습 또 외교 정책을 성공적으로 잘하시는 능력에 무안한 박수를 보냈다. 어느 사이 한 해가 가는 벌써 연말이란 단어가 어울리지 않는 듯 많은 아쉬움이 남아 한반도에 장밋빛 미래의 꿈을 다시 생각해 보는 시간을 가져 보았다.

역시 우리는 하나 공동 운명체 밝은 미래를 손잡고 같이 가야 하는 우리의 동반자 한 형제 한 핏줄이다. 과거에는 그랬지만 변화하여 비가 내린 뒤 땅이 더욱 굳듯이 우리도 더욱 가까워지고 오순도순 정을 나누는 좋은 관계로 거듭날 수 있다는 생각에 올해가 참으로 아름다웠다.

국민 한 명이라도 차별받지 않는 포용 국가 공정하고 정의로운 대한민국 만드시는 문재인 대통령님 다시 한번 더 수고 많이 하셨다고 덕담을 나누고 싶다.

힘든 일을 잘 풀어내서 한반도가 더욱 발전하고 이 모든 것을 잘 이루어 내서 미국 다음의 경제 대국 강한 나라가 될 것이라고 생각한다. 우리나라 한반도에 앞으로도 더 좋은 일들이 펼쳐질 것이라는 긍정적인 신호로 나타나는 신년사에 관심을 두고 있다.

2018년 12월 30일 문재인 대통령에게 김정은 국무위원장이 친서를 보내왔다. 아직까지 변화가 없던 한반도 비핵화에 대한 진전이 있기를 모두 기대하면서 좋은 일들이 일어나기를 기도했다.

마지막 제야의 종소리가 울려퍼지고 새로운 돼지해가 밝아 왔다. 작년 이맘때와 달리 약간 진전이 보이게 아주 편한 자세로 김정은 국무위원장의 집무실에서 연설을 했다.

북미 정상회담이 조만간 열릴 것이라는 예측을 하고 있었다. 이번 겨울은 그렇게까지 춥지 않은 따뜻한 날씨가 이어졌다.

새해 새날에 우리 국민 모두 아직까지 풀지 못한 경제를 세워야 한다는 숙제를 잘 풀었으면 하는 바람이다.

13. 결혼

행복한 가정을 만들기 위해서 우리가 삼가야 할 것이 무엇이 있는가 생각해 보았다. 카톨릭 신자들을 만나면서 놀란 것 중 하나는 많은 분들이 술을 마셨다는 것 담배를 피웠다는 것 춤을 추고 음악을 들었다는 것에 대해 죄라 여기고 고민하는 것이었다.

물론 술과 담배를 남용함으로써 수많은 유혹과 죄로 빠지기 쉬운 건 사실이지만 그래도 맥주 한 캔 마시는 것, 요란한 음악을 들은 것 그 자체를 죄라고 말씀하시는 모습을 받아들이는 것, 그 자체를 죄라고 말씀하시는 모습을 받아들이는 것은 쉽지 않았다. 그래서 내 나름대로 그 자체가 문제가 되고 죄가 되는 것은 아니지만 무분별한 남용으로 인해 폭력을 일으키고 유혹에 빠져 죄를 지었다면 큰 문제가 되는 것이다.

어느 정도 시간이 지나고 문득 이런 말씀이 떠올랐다.

우리의 손, 발, 눈 그 자체가 당연히 죄는 아니지만 그로 인해 죄를 짓게 된다면 그것을 단호해 잘라 버리라는 예수님의 말씀을 통해 조금이나마 그동안 가지고 살아왔던 죄에 대한 인식을 이해하게 된 것이다.

워낙 소박한 삶의 문화 안에서 담배를 피우는 모습은 마약을 하는 모습으로 비춰지기에 그 자체를 죄라고 생각했고 또한 술을 마시고 본인의 통제력을 잃은 채 가정폭력으로 이어지는 상황이 반복되자 술 자체를 죄라고 여기게 된 것이다.

물론 술 한 잔, 담배 한 대, 디스코 음악, 그 자체가 결코 죄는 아니다. 하지만 그로 인해 하느님께서 주신 소중한 가치를 잃어버리고 폭력과 방종 무분별한 생활로 이어진다면 그래서 결국 하느님과의 관계를 지키는데 더 좋은 방법일 수도 있다. 우리가 가지고 있는 모든 것은 나 자신을 위한 도구가 아니라 하느님의 영광을 드러내는 도구가 되어야 한다.

하느님께서 주신 소중한 달란트가 나의 욕심과 이기심으로 인해 잘못 사용되고 있다면 그래서 내가 그러한 도구들에 얽매여 살아간다면 그 도구 자체를 끊어 버려야 할 것이라고 조용히 묵상했다.

한겨울 바람 끝이 차갑게 느껴지는 정초이다. 남자친구와 사귄 지 삼 년이 지나 올해에는 결혼해야겠다는 생각을 한다. 서로 안정적인 직업을 가졌기 때문 결혼을 해서 좋은 가정을 꾸릴 수 있다고 다들 공감하고 있었다.

생물들은 따뜻한 자기 집에서 겨울잠을 자고 있다. 땅속에서는 싹을 틔우기 위해 얼었다 녹았다를 반복하고 준비를 하는데 추위를 이기는 슬기와 지혜를 배워야 한다. 그런데 올해의 겨울은 별 추위 없이 그래도 춥긴 하지만 겨울답지 않았다. 추위로 인해 출퇴근을 고생하지 않아서 신기했다. 눈이 오는 날도 한두 번 쌓이지 않고 녹아 버린다.

우리나라 고유 명절인 설에 다가온다. 이번 설에 여성 쪽 부모님께 인사를 드리자고 네 명이 상의한 의견이다.

엄마는 미리부터 시장을 본다. 이것저것 설날 명절이 되면 먹는 음식재료를 사 나른다. 토요일부터 오 일간 연휴인데 일요일 밤에 온다고 해서 하루 내 음식 만들기 위해 손이 바빠 있었다. 드디어 시간에 맞추어 간단한 선물을 들고 초인종을 눌렀다.

"안녕하세요."

엄마는 선물로 받아들고 엄마 아빠가 말했다.

"어서들 오게."

"이런 것은 안 사와도 되네. 편하게 앉게."

"제가 권세연입니다."

"제가 이혜성. 지아 남자친구입니다."

"시장하지? 잠시 기다리게. 상 차리자."

그동안 만들어 놓은 푸짐한 음식을 한상 가득히 차렸다.

"많이 들게나. 반주도 한 잔씩 하고."

남자들은 매실주를 한 잔씩 주거니 받거니 분위기가 부드러워졌다.

"아버님 어머님. 우리 결혼하겠습니다. 사귄 지 삼 년이 되었습니다. 허락해 주십시오. 아껴 주고 사랑하면서 가정을 이루어 행복하게 살고 싶습니다."

"저도 결혼하겠습니다. 저의 생각도 세연이와 똑같습니다."

"우리 젊은이들이 이렇게 결혼하면 인구가 늘어날 터인데 그래 왜 결혼하려고 하는가. 경아와 지아가 어떤 점이 좋은가."

"어머니 아버지 사랑 많이 받고 자라서 귀엽고 사랑이 무엇인지 잘 알고 있어서 원만한 가정을 이루고 보람 있는 삶을 살고 싶습니다."

"지아는 순수하고 사랑스러워서 결혼하고 싶습니다."

엄마 아빠는 이야기를 들어보고 생각을 한 듯 말씀을 하셨다.

"자네들이 서로 사랑한다는데 누구도 막을 사람은 없네. 올해에 결혼한 것으로 알고 있겠네."

"그래. 지금부터 시작하면 가을에는 결혼식 올릴 수 있네. 서로 상의해서 차질이 없도록 차근차근 준비하세."

언니와 나는 잠자코 듣고 있었다.

밤늦게까지 적당하게 술을 마시고 기분 좋게 취해서 대리 운전을 불러 집으로 돌아갔다.

"우리 애들이 벌써 자라 결혼한다고 하니 좀 서운하기는 한데 남자 둘을 데리고 오니 아빠가 기분이 좋다."

"결혼해도 옆에서 살 텐데."

"엄마, 아빠, 우리 어디 안 가. 부모님 곁이 좋아."

"우리는 좋은데 엄마가 일이 많아져."

"그런 것 생각하지 말아라. 손주 재롱도 볼 수 있으니 행복하다."

밖은 세찬 바람이 부는데 집 안에서는 따뜻한 이야기꽃이 피어났다. 살기 좋은 세상은 우리와 같이 결혼하여 알콩달콩 잘 사는 인구가 늘어날 수 있기 위한 기초가 가정에서 출발한다고 본다.

결혼 정년기 나이가 많아지는데 만 서른 안에 결혼에 성공하는 사람들이 많이 나오기를 바라는 마음에서 우리 자매가 모범을 보여야겠다는 생각으로 우리 미래가 밝아지기를 기도했다.

날씨가 춥지 않아 봄이 온 것 같은 포근함이 온 누리에 퍼져 있었다. 벌써 봄의 식물들이 재배되어 시장에는 봄나물들이 가득히 터져 나왔다.

겨우내 김장김치에 입맛이 없어졌다. 엄마는 시장을 보아 애호박 팽이버섯 넣고 된장국에 새콤달콤한 미나리 무침과 오징어 넣은 부추전 등 식탁에 올렸다.

겨울잠에서 깨어난 생물들은 세상 밖으로 나와 신기하게 사람들 눈에 보였다. 봄은 새롭게 우리 곁에 다가왔다. 나뭇가지에는 새싹이 움트기 위해 물이 오르고 봄바람이 살랑살랑 여인의 치맛자락에서부터 봄이 시작된다.

나는 어느 날 정숙하게 차려입고 과일바구니 들고 오빠를 따라 시댁에 인사를 갔다. 시아버지 되실 분은 자동차 부속품 만드는 중소기업 작은 회사 대표님 즉 사장님이시다. 때가 되면 오빠가 회사를 물려받아 경영해야 된다는 말을 들었다.

오빠는 여동생이 하나 있다고 했는데 집에 들어가자 아버님과 몸이 아프신 어머니 여동생이 반겨 주셨다.

그래도 맛있는 음식 냄새가 물씬 풍겼는데 인사를 하고 나자 어머니가 식탁에

상을 차려 푸짐한 음식을 가족이 모여 먹기 시작했다.

처음이라 불편하긴 했지만 부딪혀야 가족이 된다고 말씀하셨다. 아직은 시간
이 흘러야 자연스러워진다고 생각했다. 그리고 순서가 언니가 먼저인데 넷이서
상의를 했다. 서로 먼저 결혼한다고 다투기도 했었다. 그런데 혜성 오빠의 키가
나와 같고 세연 오빠 키가 크기는 하지만 합동결혼식은 서로 맞지 않다는 판단
이다.

혜성 오빠와 세연 오빠는 친구이기는 하지만 혜성 오빠는 회사를 물려받아 운
영해야 하기 때문 리더십에 영향을 미치는 부분이 있기에 내가 동생이지만 한 달
먼저 결혼식을 올리기로 많은 생각 끝에 상의를 해서 결정을 한 것이다.

엄마는 한꺼번에 둘을 결혼시키는 건 힘이 든다고 그렇지만 형편이 나은 사람
이 부담이 된다고 아들이나 딸이나 똑같이 생각하는 시대라 가능한 일이라고 생
각이 들었다. 이렇게 결혼시켜야 결혼하는 사람 수가 늘어나고 또 인구가 늘어난
다는 것을 많이 배운 지성인이 솔선수범해야 한다고 덧붙여 말씀하셨다.

개구리가 잠에서 깨어난다는 경칩이 지나자 완연한 봄이 되었다. 상견례는 언
니와 세연 오빠가 먼저 한다고 했었다. 시골에서 부모님과 형님 내외분 조카가
올라오셔서 자리가 마련되었다. 너무 부담을 주지 말자고 약속했다.

일식집에서 우리 가족과 세연 오빠 가족이 모여서 저녁을 회가 나오는 정식으
로 그에 따라 나오는 음식을 먹으면서 첫 인사를 화기애애한 분위기 속에 나누
었다.

"우리는 자식을 나누어 가지는 사이가 아닙니까? 어떻게 보면 형제간보다 가깝
다고 할 수 있지요."

"그럼요. 지금은 자식을 하나나 둘을 낳기 때문 결혼하게 되면 사돈이면서 가
족이 되는 것이지요."

아버님 두 분이 술을 주거니 받거니 하시고 한마디씩 하셨다.

"안사돈, 둘이 새가정을 이루어 잘 살 수 있도록 옆에서 지켜봅시다. 아무 걱정하지 마세요."

"이렇게 신경 써 주시니 무엇이라고 말할 수 없이 감사합니다."

음식은 여러 종류 여유를 두고 연달아 이어서 나와 시간은 충분히 하고 싶은 이야기를 했다. 이렇게 봄날은 화창하게 우리 마음속에 찾아왔다.

우리 가족과 혜성이 오빠 가족도 삼월 하순경 상견례가 있었다. 엄마는 "귀한 딸이 둘뿐인데 차별하지 않고 똑같이 해 준다고 하면서 엄마 아빠도 언제인가는 너희 곁을 떠나는 날이 올 터인데 세상이 부모님이 계시지 않아도 너희 둘뿐이니 좋게 살아라."고 당부하셨고 "이제 새 가정을 이룰 텐데 그러기 전에 너희들은 같이 자라 추억이 많으니 사이좋게 살자."라고 사랑에 대해서 좋은 말씀을 해 주셨다.

어느덧 봄은 한가운데 와서 차례대로 꽃을 피워냈다. 하얀 목련꽃은 얼굴을 내밀고 환하게 웃으며 오고 가는 사람들을 맞이하고 서 있었다. 연분홍 벚꽃이 살포시 날아서 지나가는 사람들의 가볍게 차려입은 옷깃에 앉아 기분 좋게 하는 마력이 있어서 유쾌했다.

공원 한쪽에는 진달래 꽃 철죽꽃이 피어 마음을 부드럽게 만들었다. 꽃피는 연두색의 봄 올해에는 더욱 의미가 있어 보였다. 우리가 자주 데이트하는 장소로 나오라는 혜성 씨 전화를 받고 지금 빠른 걸음으로 나가고 있다. 성당 앞마당에서 장미꽃 한 아름 안고 기다리고 있었다. 서로 마주보고 눈이 마주치자 장미꽃을 주며 사랑을 고백하였다.

"박지아 씨, 사랑합니다. 같이 잠자리에 들고 아침에는 같이 눈을 뜨고 결혼하여 알콩달콩 재미있게 살고 싶습니다. 저와 결혼해 주십시오."

"우리 기쁜 일 슬픈 일 함께하며 한세상 살아가요."

한참 부둥켜안고 키스도 달콤하게 환상적으로 느낌이 좋았다.

살기 좋은 나라

마침 저녁때가 되어 걸어서 스테이크가 나오는 서양 음식점으로 들어가 자리에 앉아 시켰다. 우리의 인생에 대해서 많은 대화의 시간을 가졌다. 너무 늦지 않게 집 앞까지 데려다주어 진한 감동을 받고 집에 들어갔다. 조금 있으니까 언니도 꽃다발을 안고 돌아왔다.

오늘 우리 자매는 프로포즈를 받고 기분이 들떠 있었다. 엄마 아빠는 무슨 일이 있었는지 알고 있는 것 같기도 하고 아무튼 꽃피는 사월의 봄은 우리에게 특별하게 다가왔다.

꽃이 핀 그 자리에 녹색 이파리가 돋아나왔다.

우리는 직장 생활하면서 박봉이지만 학비 대출이 없었기 때문 약간의 돈이 모아졌다. 많이 부족한 젊은이들의 현실이라 부모님의 도움 없이는 신혼의 살림살이를 살 수가 없는 상황이다. 가정의 기초가 되는 신혼집을 어떻게 마련하느냐가 큰 문제이다. 요즘 사람들은 아이는 행복하게 살려고 태어난다. 행복하게 사는 데는 경제력이 있어야 한다. 태어난 아이들을 책임을 질 수가 없으면 결혼도 할 수 없고 아이를 낳을 수도 없다는 생각을 많이 가지고 있다. 지하자원이 없는 우리나라의 높은 교육열로 사무직 일자리가 한계가 있어서 전문분야 자격증으로 가벼운 경노동 일자리로 눈을 돌려서 선진국 복지 사회 건설에 일조하여 대우를 받자.

싱그러운 풀냄새가 바람을 타고 날아온 듯 기분이 상쾌해진다. 푸르름이 짙어가는 계절의 여왕이라고 부르는 가장 좋은 오월 가정의 달에 신혼집을 보러 주말이 되면 다닌다.

결혼이란 한 남자와 한 여자가 서로 다른 환경에서 자라 사랑을 하여 가정을 이루게 된다. 그런데 다른 환경에서 자랐기 때문 성격이 서로 맞지 않는다. 인생을 살아가면서 슬픈 일 기쁜 일 괴로운 일 즐거운 일 같이하면서 서로 맞추어 가는 데 노력하며 사는 거라고 말을 들었다.

우리는 결혼에 대해서 진지하게 다시 생각해 보았다. 나뭇가지에 이파리는 더 짙은 녹색으로 영롱한 아침 햇살을 받고 이슬방울이 오색 빛깔 수를 놓아 아름답게 반짝거린다. 행복이 잔잔한 물결처럼 파문을 일으킨 뒤 고요하게 찾아와 우리의 보금자리에 뿌리를 내렸다.

결국 우리 집 주위에 비교적 집값이 적게 나가 부모님 도움으로 아담한 신혼집을 마련하게 되었다. 아파트 담장에 넝쿨 장미가 피어서 활짝 웃고 있었다. 나의 마음도 밝게 웃고서 이 행복이 지속되기를 기도했다. 놀이터 앞에 함박꽃이 탐스럽게 피어서 지켜 주고 있었다.

오월의 하늘은 구름 한 점 없이 파랗게 펼쳐져 한없이 바라보았다. 그 창공 아래 자유롭게 나르는 새들의 평화와 그 노래 속에 우리의 꿈도 무르익어 행복하게 다가왔다.

'당신의 웨딩드레스는 정말 아름다웠어요.'라는 노랫말이 생각난다. 웨딩촬영하기 위해 가족이 예복을 미리 백화점을 돌아보며 쇼핑했다. 좋은 패션이 많이 나와 있었다.

지금은 집값이 너무 비싸 스몰웨딩이라고 예단 혼수 폐백도 생략하는 것이 유행이라 신부 측 신랑 측 결혼식 날 입는 부모님들 예복도 각자 준비해야 한다는 것이 요즘 추세이다.

결혼 준비는 차질 없이 계획대로 진행되어 가고 있다.

신록이 우거지는 계절 눈처럼 하얀 웨딩드레스를 입고 사뿐사뿐 걸어서 그 이에게 갔다. 친구들이 웨딩촬영하는 공원에 와서 구경했다. 평생에 한 번 주인공이 되어 촬영을 해서 먼 훗날 지난 후 우리 젊었을 때 이랬는데 그때 그 모습을 볼 수 있게 카메라에 담아놓았다.

세상은 모두 나를 위해 존재하는 것처럼 이 순간 이 마음으로 사랑을 하면서 세상풍파 헤쳐 가며 살아가리. 날씨가 더워지기 전에 언니도 웨딩촬영을 한다고 했다.

웨딩드레스를 입은 아름다운 언니의 모습은 정말 천사와 같았다.

'여성 인구가 줄어드는데 우리 자매와 같은 사람이 많이 나왔으면 얼마나 좋을까. 친구이면서 언니. 사랑해요. 신랑 둘이 친구이기 때문 모이면 어색하지 않고 분위기가 좋아 평생 가까운 가족으로 좋은 시간 함께하며 살아가요.'

습기가 없는 따가운 햇볕이 온 누리에 내리 쪼이는 초여름이다. 남향이라 거실에는 햇볕이 들어오지 않아 모처럼 한가한 오후 누워서 오이 마사지를 한다.

엄마 아빠까지 언니가 동그랗게 자른 오이를 얼굴에 차례대로 붙이고 네 명이 누워서 수다를 떨었다. 딸을 뺏겼다고 생각하지 말고 아들 둘이 생겼다고 우리는 자식이 많아서 부자가 됐다. 엄마 아빠가 말을 하면서 든든해졌다고 웃기도 하지만 약간은 서운한 면도 있어 잘해야겠다는 생각이 들었다.

이글이글 타올라 기승을 부리던 한낮 더위도 말복이 지나니 제법 시원한 바람이 불었다. 대기 불안정으로 한 차례씩 쏟아지는 소나기가 더위를 식히는데 부족했지만 지금은 아침저녁으로 불어오는 시원한 바람 속에 가을이 묻어와 올해에도 풍요로운 결실을 맺을 것이라고 예언했다.

'열매가 익어 가기 위해 남쪽나라 햇볕을 더욱 강하게 내려주시고 여름날의 해시계 위에 세례하듯 많은 바람을 놓아주소서.'

더위가 물러가고 선선해지자 신혼집에 이사 가고 없어서 인테리어를 새롭게 단장한다고 전문가에게 맡겼다. 열흘에 거쳐 집이 깨끗하게 변했다.

주말이 되어 집에 맞게 살림살이를 혼수 백화점에 가서 쇼핑을 했다. 마트에 가서 전자제품도 필요한 목록을 적어 가격을 보고 싸고 좋은 상품을 사서 배달시켰다. 신혼집이 다 정리가 되고 나와 혜성 오빠만 둘이 있게 되었다.

"우리 둘만 살 곳이야. 야, 좋다. 다 새살림이다."

"우리는 부모님 덕분에 결혼할 수 있지만 못 하는 사람도 있어 너무 고마운데 우리도 우리 아이들한테 갚아야지."

"그래. 우리 애기 몇 명 낳지? 두 명? 세 명?"

"너무 힘들어. 그때 가서 생각하고 낳자."

"결혼준비는 다 되었다. 식만 올리면 우리는 부부다."

"화장이 잘되게 마사지 받으러 가는데. 그만 가자."

엘리베이터를 타고 내려와서 오빠는 집으로 향하고 피부 마사지 하는 곳으로 들어가 피로를 풀고 얼굴을 곱게 가꾸었다. 약 두 시간 정도 서비스를 받자 컨디션이 개운하고 좋아졌다.

내일 출근하기 위해 집으로 돌아와 일찍 잠자리에 들었다. 세상이 모두 고요하게 잠든 밤 간혹 차 소리만 저 멀리에서 들리고 꿈나라에서 백마 탄 왕자님을 만나는 꿈을 꾸었다. 백마 탄 왕자님이 바로 오빠라는 것도 깨달았다.

드디어 우리는 사랑의 결실을 맺어 구월 결혼식을 올리게 되었다. 이른 아침 신부 화장을 위해 택시를 타고 예식장에 먼저 도착했다. 벌써부터 긴장을 하고 있다는 것을 느낄 수가 있었다. 신부 화장을 전문적으로 하는 사람의 예술적인 감각으로 가장 예쁘게 꾸며 행복한 신부 주인공이 되었다. 어울리는 웨딩드레스를 입고 가장 아름다운 신부가 되어 사람들과 지인들의 축하를 받으며 대기실에 앉아 있었다.

시간이 되어 주례는 생략하고 신랑 신부가 음악에 맞추어 손을 잡고 입장을 하였다. 같이 혼인 서약서를 낭독하고 준비한 서로에게 쓰는 편지를 읽는 순서로 우리 시대 결혼 풍습이 달라졌다. 신랑 신부 아버지께서 나와 결혼한 자식들에게 당부하는 말씀을 편지로써 읽기도 하셨다. 축가를 부르는 시간은 작은 콘서트를 보는 것처럼 들썩들썩 떠들기도 하고 분위기가 좋아 흥겨운 잔칫집이 연상되었다. 비디오를 다 촬영하고 사진도 다 찍은 후 곧바로 뒤풀이 없이 외국으로 신혼 여행을 떠났다.

세상이 짙은 녹색으로 채색이 되어 색깔이 변하기 위해 준비를 하는 듯 태양볕을 많이 받고 있었다.

그리고 한 달 후 언니도 아름다운 신랑 신부로 탄생하여 행복한 결혼식을 올리고 해외로 신혼여행을 떠났다.

단풍이 절정을 이루어 붉게 타올라 울긋불긋 옷을 입고서 사람들을 산으로 부르고 있었다. 엄마 아빠도 단풍 구경한다고 이때를 놓치면 가을을 그냥 보낸 것처럼 허전한 느낌이 든다면서 산행을 가신다.

결혼이란 무엇인가. 한 남자와 한 여자가 만나 동반자가 되어 기쁜 일 슬픈 일 좋은 일 안 좋은 일 같이 나누고 함께 하면서 긴 인생 닮아 가는 오랜 세월을 부부로 살아가는 것이라고 생각한다. 그런데 요즘 젊은이들은 취직을 포기하고 연애도 포기 결혼도 포기한다는 사회적 현상이 생겨났다고 한다. 우리가 현시점에서 눈을 조금만 낮추면 좋은 기회가 찾아올 것이라고 생각한다. 우리 인생은 힘에 부치지만 우리가 개척해야 한다.

이제 소설을 마무리할 시간이 된 것 같다. 선진국이라고 목청을 높이지만은 복지 사회를 이루어 국민 모두 잘사는 시대가 왔으면 그 후에 평화 통일을 시작하는 것이 좋은 일이라고 다시 생각해 본다.

살기 좋은 나라

ⓒ 김영임, 2024

초판 1쇄 발행 2024년 5월 3일

지은이   김영임
펴낸이   이기봉
편집   좋은땅 편집팀
펴낸곳   도서출판 좋은땅
주소   서울특별시 마포구 양화로12길 26 지월드빌딩 (서교동 395-7)
전화   02)374-8616~7
팩스   02)374-8614
이메일   gworldbook@naver.com
홈페이지   www.g-world.co.kr

ISBN   979-11-388-3083-6 (03810)